LOVERBOYS 18

HARTES TRAINING

VON
KELVIN BELIELE

BRUNO GMÜNDER

*Die in diesem Buch geschilderten Handlungen
sind fiktiv.*

*Im verantwortungsbewußten sexuellen Umgang
miteinander gelten nach wie vor die Safer-Sex-Regeln.*

Zum Gedenken an Michael Stockinger

Loverboys 18

Aus dem Amerikanischen von Gerold Hens
Copyright © 2000 by Bruno Gmünder Verlag
Leuschnerdamm 31, D-10999 Berlin

Originaltitel: If the Shoe Fits
Copyright © 1994 by Kelvin Beliele
Published by Arrangement with International Scripts Ltd.

Umschlaggestaltung: Stefan Adler
Coverfoto: Hervé Bodilis
Druck: Nørhaven A/S, Dänemark

ISBN 3-86187-048-7

INHALT

GARTENARBEIT 7
IN GEWAHRSAM 16
ERST DER ANFANG 25
LERNEN, WO'S LANGGEHT 35
SOMMERHITZE 46
DER CHAMPION 49
WEICH WIE SEIDE 59
INSPIRIERENDE LEIDENSCHAFT 70
HARTES TRAINING 79
DUMPFBACKE UND TUGENDBOLD 86
WENN DER SCHUH PASST 98
DADDYS GANZER STOLZ 107
HEUERNTE 119
RASENPFLEGE 128
SCHLAGSAHNE 138
FRÜHJAHRSFIEBER 141
DER WAHRE BOSS 150

GARTENARBEIT

Charlie und Mike kommen heute her; sie haben zwar nie hier gewohnt, nennen aber mein Haus und mein Bett ihr Heim. Nach dem College unterschrieb Mike einen Vertrag als Footballprofi, und sie zogen weg, aber dann ruinierte Mike sich seine Knie. Jetzt brauchen sie Hilfe, bis Mike wieder auf die Füße kommt. Charlie verkaufte seine Gärtnerei. Er kann hier wieder anfangen, zu Hause, dort, wo sie, wie sie sagen, hingehören. Ich habe den Garten verlottern lassen und den richtigen Augenblick abgewartet, bis sie zurückkehren. Aber so habe ich nicht immer gedacht. Ich erinnere mich so gut...

Vom ersten Tag an, als Mike und Charlie in meinen Geschichtskurs gelatscht kamen und sich ganz hinten im Raum auf die Stühle lümmelten, begehrte ich sie. Sie waren beide Macker, und ich muß gestehen, daß ich sie für beschränkt hielt. Ich hatte sie in Action beobachtet – Mike in seiner engen Sporthose auf dem Footballfeld, Charlie geschmeidig und braungebrannt wie ein Otter im Schwimmbecken.

Mike war ein großer, muskulöser Rotschopf mit kräftigen, stämmigen Beinen und einem breiten Arsch, der seine Footballshorts ausfüllte, die er täglich im Unterricht trug. Er mußte einen ganzen Schrank voll in einem Dutzend Farben davon haben, und alle waren eng und sexy. Diese Bänder, die sich um sein Paket spannten! Auf seinen Armen und Beinen wuchs eine Matte aus roten Haaren. Und überall Sommersprossen.

Charlie war ein Schwimmer, dessen Badehose kaum seine leckeren, pfirsichförmigen Hinterbacken bedeckte. Unter dem durchsichtigen Stoff lauerte sein langer, dünner, unbeschnittener Schwanz. Er hatte eine lange Mähne glänzend schwarzer Haare, die ihm bis halb über den Rücken reichte und bei Wettbewerben immer unter einer Badekappe steckte. Seine feste Brust und die langen Beine waren glatt und unbehaart.

Sie hatten mich durch ihre Intelligenz und ihren Wissensdurst verblüfft. Sie erwiesen sich beide als gute, sehr aufmerksame Studenten, die das ganze Frühjahrssemester über mit mir flirteten. Ihre sportlichen Leistungen, ihre akademische Begabung und ihre sinnliche Schönheit reizten mich zutiefst.

Eines Nachmittags am Ende des Semesters war Mike in mein Büro gekommen. Er lächelte und musterte mich. »Da jetzt Charlies Saison vorbei ist, dachten wir, Sie könnten uns brauchen, Professor Patterson.« Er überreichte mir eine Geschäftskarte. **MIKE MEARY UND CHARLIE WALKING STICK – GARTENARBEIT UND LEICHTTRANSPORTE.**

»Hör auf mit dem ›Professor‹-Quatsch – nenn mich Dough. Ich wußte gar nichts von der Gartenarbeit, Mike ...«

»Sie werden's nicht bereuen. Sie werden sich noch freuen, uns engagiert zu haben – Dough.« Er zwinkerte mir zu und stolzierte hinaus.

Er hatte recht gehabt, dachte ich, als ich durch den Vorgarten kam. Ich war von ihrer Arbeit beeindruckt. Sie hatten sogar die Blumenbeete gejätet und die Rosenbüsche beschnitten. Ihr Truck parkte noch immer in der Auffahrt, aber sie waren nirgends zu sehen. Wahrscheinlich noch hinten. Ich ging ums Haus, und da waren sie.

Mike schnürte gerade den Schlitz seiner Shorts auf, die Schnüre flogen, und sein Jockstrap war zu sehen. Er schob die Shorts hinunter, um seinen Arsch freizulegen. Charlie hatte die Hose schon ausgezogen, und sein Schwanz, dessen Vorhaut in losen Falten um die anschwellende Eichel hing, pendelte lang und dunkel.

Sie umarmten sich, ihre Lippen preßten sich aufeinander, und die Zungen suchten einander. Sie ließen sich zu Boden fallen, Mike auf den Rücken, Charlie über ihn gebeugt. Charlies schwere, glatten Eier leuchteten zwischen seinen weit gespreizten Beinen, bevor sie zwischen Mikes Lippen verschwanden und er seinen Kopf in Mikes Schoß senkte.

Ich konnte meinen Abstand und mein Schweigen nicht länger aufrechterhalten. Ich zog mich aus und ging mit steifem und bereitem Schwanz auf sie zu. Ich beobachtete, wie sie sich mit pumpenden Hüften und eifrigen Mündern bliesen.

»Bezahle ich euch etwa dafür?« Mit gerunzelter Stirn näherte ich mich ihnen.

»Nein, Sir«, erwiderte Mike mit vollem Mund. »Sie bezahlen uns für Gartenarbeit. Dafür berechnen wir nichts.«

Ich packte seinen behaarten Arsch und strich durch den dicken roten Pelz. Dann spreizte ich ihm die Backen und tauchte in das warme Zentrum – meine Zunge traf auf sein Arschloch, als er die Beine anhob, um mir den Arsch ins Gesicht zu schieben. Ich fickte ihn mit der Zunge, während er in Charlies Schoß hineinstöhnte.

»Leckt er gut, Mike?« fragte Charlie.

»Und ob, bestens«, antwortete Mike, der sich auf die Ellbogen stützte.

»Will ich selbst rausfinden.« Charlie setzte sich auf Mike und beugte sich vor. Beide Ärsche, einer über dem anderen, boten sich mir gespreizt dar. Welch ein Kontrast! Der von Mike war massig, bleich und stark behaart; der von Charlie schlaksig, dunkel und glatt. Abwechselnd leckte ich zuerst an Charlies Hintern, dann an Mikes und schleckte sie beide eifrig und begeistert aus.

Mein eigener Arsch zuckte, bereit für Aufmerksamkeiten. Mein Schwanz schmerzte vor Verlangen. Sie mußten es bemerkt haben. Beide wandten sich mir zu, und ihre Hände und Münder bewegten sich zur Mitte, Mike vorne, Charlie hinten. Ich schob meinen Schwanz in Mike, sah zu, wie er ihn, die Nase in meinem dicken Busch vergraben, ganz im Mund unterbrachte. Charlie schlabberte an meinem Arsch, spuckte darauf und spießte ihn mit der Zunge auf.

»Verdammt«, sagte Charlie, dessen Atem durch die Haare auf meinem Hintern strich. »Meinst du, du hast Lust, Mike zu ficken, während ich zuschaue? Du hast genau den richtigen Schwanz, um seine saftigen Melonen auszufüllen. Bums ihn für mich.«

Mike drehte mir den Arsch ins Gesicht. »Du und Charlie, ihr habt mich echt naß gemacht mit eurer Spucke, schmier mir alles auf den Arsch und steck deinen Hammer rein.«

Ich kämpfte mit Charlie um Mikes Arsch – beide leckten und küßten und besabberten wir ihn. Charlie spuckte mir auf den Schwanz, bis er glänzte. Ich preßte den Schwanz gegen Mike, und er ploppte in seinen atemberaubenden Arsch.

»Ah!« seufzte Mike. »Das ist das allerschönste Gefühl. Komm, ich schling dir meinen Arsch um deinen fetten Schwengel. So hab ich's gewollt.«

Sein heißer Arsch quetschte meinen Schaft und molk ihn. Ich fickte Mike schnell und tief und knetete seine Backen, während er unter mir stöhnte.

»Fick ihn«, sagte Charlie. »Fick ihn für mich. Ich will, daß du in seinen Arsch abspritzt.« Und dann hatte er den Mund um meinen Eiern und schleckte an meinem Schwanz und an Mikes Arschloch.

»Was für ein toller Arsch!« sagte ich. »Ein guter Hintern zum Ficken. Und der heiße, kleine Mund an meinen Eiern ...«

Ich packte Mike an den Hüften, während ich höher zielte, und traf einen neuen Punkt, worauf seine Innereien aufblühten. Ich spürte, daß die Ekstase seines Arschs mich überwältigen, daß ich mich gleich in ihn ergießen würde. Ich fickte Mike, und Charlie leckte mir die Eier. Ich kam immer dichter an die Schwelle, die ich gleich überschreiten würde.

»Lutsch mir die Eier, Charlie. Bring mich soweit, daß ich in deinem Lover abspritze.«

Charlie hatte meine beiden Eier im Mund, badete sie mit seiner Zunge und scheuerte leicht mit den Zähnen daran. Es fühlte sich an, als wolle er sie verschlucken. Er saugte fester und stieß mich weiter in Mike hinein. Ich wußte, es würde nicht mehr lange dauern, bis ich explodierte.

Beide bemühten sich eifrig, mich zu befriedigen. Mike wand sich unter mir, und Charlie benutzte seine Hände wie auch den Mund. Zwei weitere Stöße in Mikes enges Ende genügten, und ich verströmte meine Sahne. Ich zog ihn an mich, während ich mein ganzes Sperma in ihn pumpte, bis meine Eier ausgetrocknet waren. Dann brach ich über Mikes breitem, sommersprossigem Rücken zusammen.

»Jetzt«, sagte Charlie zu mir, »bist du an der Reihe, gefickt zu werden.«

»Richtig. Es ist Zeit, daß ich eure Schwänze zu spüren bekomme.« Ich drehte mich auf den Rücken, zog die Beine an und hob meinen Hintern Charlies Schwanz entgegen. Er versenkte sich ganz in mich hinein, bis mir seine Eier an die

Backen klatschten. Ich hakte meine Beine über seine Schultern und zog ihn auf mich.

»Und du-« nickte ich zu Mike – »du fickst mich ins Gesicht.« Mit seinen krausen, orangefarbenen Schamhaaren an meiner Nase beugte er sich über mich, so daß mir sein fetter Schwengel durch die Lippen und gegen meinen Gaumen stieß. Ich war im siebten Himmel. Rothaarige sind was Besonderes: ihr Schamhaar hat für mich immer nach köstlichen Dillpickles gerochen. Mikes Geruch war besonders stark. Seine schweren Eier klatschten mir ins Gesicht, und seine muskulösen Oberschenkel schlossen sich fest um meinen Kopf.

Sie zwängen ihre Schwänze in mich und füllten mich von beiden Enden her aus, daß ich verrückt wurde. Ich öffnete mich weit für sie, damit sie mich ficken konnten, wie sie wollten. Sie beugten sich über mich und küßten sich mit wirbelnden Zungen, die über Lippen leckten und an Zungen saugten. Sie packten meine Titten und hielten sich mit beiden Händen fest. Sie massierten mir die Brustwarzen, dann zwirbelten und kniffen sie sie. Mike schabte mit den Fingernägeln über mein willenloses Fleisch. Ich konnte nur noch stöhnen – ich war ihr wehrloser Sklave. Ich liebte es.

Noch mit den Händen auf meiner Brust, wälzte Mike sich herum und schloß die Lippen über meinem Schwanz. Während Mike und ich uns gegenseitig bliesen, schob Charlie seinen Schwengel in mir ein und aus. Er versenkte sich bis zum Anschlag weit in meine Eingeweide, um ihn dann zurückzuziehen, bis mich nur noch die Vorhaut kitzelte. Mit einem letzten Stoß hörte er mit den Spielchen auf und verpaßte mir einen ordentlichen Männerfick.

»Ihr blast toll, ihr beiden!« feuerte Charlie uns an und stieß Mike noch dichter auf mich. Ich spürte Mikes Nase in meinen Schamhaaren, als er meinen Schwanz schluckte. Ich würgte an seinem.

»Hey, Mike«, unterbrach uns Charlie. »Willst du mal an den Arsch ran?«

»Will ich?« Mike hob den Kopf. »Mann, und ob!«

»Aber ich will nicht weg.« Charlies Schwanz pflügte mir pumpend tief die Eingeweide.

»Ihr alle beide«, sagte ich und stand auf. »Legt euch in verschiedener Richtung auf den Rücken.« Ich zeigte es ihnen. »Ich sag euch, was ihr machen sollt.«

»Beide gleichzeitig?« In Mikes Stimme klang Skepsis an.

»Nein!« stimmte Charlie in Mikes Unglauben ein. »Die kriegst du nicht beide rein. Wir haben ziemlich dicke Dinger.«

Ihre Schwänze waren größer als Durchschnitt; der von Mike außergewöhnlich dick und mit einer Eichel in der Größe einer perfekten reifen Pflaume.

»Wollt ihr mich ficken oder nicht?« sagte ich mit meiner rauhsten Stimme. »Jetzt liegt still.«

Ich hockte mich über sie, und ihre Schwänze glitten in mich und dehnten mich nach allen Seiten. Stück um Stück zwängten wir die beiden Fickstangen in meinen gierigen Hintern. Sie rutschten weiter zusammen, und ich senkte mich schnell und fest auf ihre Schwengel. Blitze sengenden Schmerzes schossen mir durch den Leib. Ich entspannte mich und schaute Mike in die leuchtend grünen Augen. Ich wippte hin und her, während ich meinen Arsch um ihre geschwollenen Glieder entspannte.

»Ja, das ist toll.« Mike hob sich auf seine Ellbogen. »Charlie und ich zusammen in dir. Reit uns.« Mike hielt mich an den Hüften und dirigierte meine Bewegungen, während er und Charlie in mich hineinrammelten.

Ich verlagerte mein Gewicht auf die Füße. Ich konnte mich drehen, um Mike, dann Charlie anzuschauen, mich zum Kuß auf Mikes dicke, rote Lippen, dann auf Charlies dünne, dunkle zu senken. Ich kauerte mich über sie und ritt sie immer schneller, während meine Eingeweide über der Fülle der beiden Schwänze in mir pulsierten.

»Nimm unsre Latten ganz rein«, stöhnte Charlie.

»Setz dich drauf«, knurrte Mike. »Mach uns glücklich.«

Sie stemmten sich mit den Zehen ab, um mir ihre steifen Schwänze bis in die Brust zu treiben. Sie schwitzten und dampften; stöhnten und keuchten. Mike biß die Zähne zusammen und hämmerte mit den Fäusten auf die Erde. Die Sehnen an Charlies Hals standen hervor, während seine Augen sich nach hinten drehten.

Ich blieb, wo ich war, wichste meinen Schwanz, um ihn darauf vorzubereiten, abzuspritzen. Meine überprallen Eier klatschen auf ihre Leiber.

»Ich komme!« schrie Charlie, der seinen Hammer in mich stieß und mit beiden Händen an seinen Eiern zerrte. Ich fühlte, wie heiße Schwälle in mich strömten. Mike kam zusammen mit Charlie, aber er blieb still, seufzte, und sein Körper wurde schlaff, als er mir seine Ladung in den Arsch schoß. Ich war angefüllt mit glühendem Sperma, das an ihren Schwänzen herab auf ihre Eier floß.

Meine eigene Ladung schoß durch meinen Schwengel. Ich sprühte Sperma auf Charlies braungebrannte Brust, und mit einer raschen Drehung schenkte ich den Rest meiner Ladung Mike, dessen dicke Matte aus Brusthaar von oben bis unten mit weißer Flüssigkeit überströmt wurde.

»Ich hatte recht«, sagte Mike zu mir, als sein Schwanz schlaff wurde und aus mir herausrutschte. »Du konntest uns brauchen.«

»Ihr werdet den Sommer hier verbringen müssen; der Garten macht eine Menge Arbeit«, sagte ich, legte mich neben Mike und zog zusammen mit ihm Charlie zu uns.

»Ist gebongt«, sagte Charlie. »Du kannst uns haben, solange du willst.«

Sie zogen weg, obwohl ich sie noch begehrte. In den Monaten vor ihrer Abreise wurde ich immer abhängiger von ihnen. Heute kommen sie nach Hause. Sie hatten die ganzen Jahre für sich als Lover. Klar, wir schrieben uns und telefonierten. Wir besuchten uns sogar ein paarmal, aber die Entfernung war zu groß. Wir lebten getrennte Leben. Sie verließen mich, und jetzt kommen sie wieder.

Charlie hilft Mike mit seinem Rollstuhl durch den Flughafenkorridor. Beide lächeln, als sie merken, daß ich auf sie zukomme.

Plötzlich steigen all meine Ängste und Unsicherheiten, all meine Sorgen an die Oberfläche. Ich renne auf sie zu wie eine törichte Mutter, die sich an ihre erwachsenen Kinder klammert. Unser Altersunterschied scheint auffällig. Charlie küßt mich breit auf den Mund. Ich beuge mich vor und umarme und küsse Mike. Die Leute nehmen überhaupt keine Notiz, anders als damals, als ich im Alter dieser Männer war. Ich fange an, zu weinen, so erleichtert bin ich, daß sie da sind; zumindest das Warten ist vorbei.

»Ich werd wieder gehen können«, sagt Mike, streicht mit der Hand über meinen Schenkel und läßt sie auf meiner Hinterbacke liegen. »Das Schlimmste ist überstanden. Ich brauche Krankengymnastik, vielleicht noch Operationen. Als ich aus dem OP kam, dachte ich nur daran, zu dir nach Hause zu kommen. Ich brauche dich, um gesund zu werden.«

»Der Garten sieht katastrophal aus« – ich weiß nicht, was ich sonst sagen soll – »Ich hab mich nicht drum gekümmert, seit ihr weg wart.«

»Wir kümmern uns drum.« Charlie schlingt mir die Arme um die Schultern. »Du bist schärfer denn je, Dough. Komm, wir holen unser Gepäck. Und dann-«

»Und dann holen wir die verlorene Zeit auf«, sagt Mike und zwickt mir in den Hintern.

IN GEWAHRSAM

Die Sonne schien hell und heiß, und ich lag im Garten. Ich seufzte und streckte mich in meiner schweißnassen Badehose im Liegestuhl aus. Das Sommersemester war vorüber, und vor mir lagen zwei Wochen Ferien. Die Vermieterin war in Urlaub, und die anderen Mieter waren bis zum Anfang des Semesters weg; ich hatte das Haus und den Garten mit der hohen Mauer für mich. Welch ein Luxus!

Ich schloß die Augen und machte es mir zu einer langen, gemächlichen Wichsnummer bequem. Mit den Händen strich ich an meiner warmen, feuchten Haut abwärts bis zum Schwanz in seiner Nylonhülle. Ich streichelte ihn zu einem richtig schönen Ständer.

Die Hände um meinen Schwanz und die Eier geschlossen, schob ich die Badehose beiseite und ließ meine Eier aus der Beinöffnung heraushängen. Sie waren schlaff und verschwitzt. Im warmen Sonnenschein zupfte ich an meinem Sack und rieb mir den Schwanz.

Ein Schatten.

Meine Lider klappten auf. Über mir stand in voller Uniform ein Motorradcop. Helm, kurzärmliges Hemd, verspiegelte Sonnenbrille, Handschuhe und Stiefel.

»Hey, tut mir leid, zu stören«, brummte er mit einer Stimme, die von irgendwo zwischen seinen Zehen in den kniehohen Stiefeln zu kommen schien. »Ich heiße Joe. Ich hab mich gerade im Zimmer am Ende des Flurs eingemietet. Sie müssen Craig sein.« Lächelnd streckte er mir seine behandschuhte Hand entgegen.

Sämtliches Blut wich aus meinem Schwanz. Das Herz klopfte mir bis zum Hals. Am ganzen Leib brach mir die Gänsehaut aus. »Ja, Sir«, brachte ich mühsam heraus. Ich streckte meine Hand aus, die in seiner verschwand, wobei der schwarze Lederhandschuh Ansätze seiner behaarten Knöchel erkennen ließ.

»Nett, Ihre Bekanntschaft zu machen«, nuschelte er. »Mrs. Ames sagte mir, für eine Zeitlang seien wir beide ganz alleine. Freut mich – da haben wir Zeit zum Kennenlernen. Ich hab den Eindruck, das würde mir Spaß machen.« Er hockte sich neben mir hin und behielt meine Hand in seiner.

Er leckte sich den Schnauzer und fuhr mir mit den Händen über den Arm. Ich konnte mein Spiegelbild in seiner Sonnenbrille sehen, als mein steifer Schwanz unter der Berührung des warmen, glatten Leders zuckte.

»Viel zu heiß für die ganzen Klamotten heute«, brummelte er, wobei er sich den Helm vom Kopf riß und sein dichtes graugesprenkeltes Haar schüttelte. Er legte den Helm ab und stand auf. Dann nahm er seinen Revolvergürtel ab und legte ihn auf die Erde.

»Mrs. Ames sagte, Sie arbeiten für die Stadt, aber ...« Ich errötete unter seinen prüfenden Blicken.

»Du hättest nie gedacht, daß ich ein schwitzendes, älteres Bullenschwein bin, stimmt's?« Er beugte sich zu mir und berührte meine Eichel mit dem Finger. »Keine Sorge – ich bin eine ganz andere Sorte Bulle.«

Ungläubig sah ich zu, als er wieder neben mir in die Knie

ging und mit den Händen über meine Brust bis hinab zum Bauch strich.

»Verdammt! Du bist perfekt, fest und kräftig. Tänzer?« Er deutete auf meine Beine.

»Auch«, antwortete ich. »Ich mache eine Theaterausbildung, da tanze ich auch. Aber eigentlich bin ich Schauspieler.«

»Du spielst Shakespeare, oder?« Die Unterhaltung nahm eine merkwürdige Richtung. Und seine Hände auch – ganz hinab an meinen Beinen bis zu den Füßen.

»Klar«, antwortete ich. »Ich spiele Shakespeare im Unterricht und manchmal auch bei Vorstellungen an der Uni.«

»Ist ja toll. Du bist ziemlich hübsch. Diese starken, sehnigen Tänzerfüße.« Er kam mit dem Gesicht ganz nah an meines. »Ich wette, du wolltest immer ein großer Macker sein und Motorrad fahren, hm?«

»Klar – will das nicht jeder?«

»Nee«, sagte er und fuhr mir mit einer ledernen Fingerspitze über die Lippen. »Manche wollen dünne, biegsame Tänzer mit dicken roten Lippen sein, die Gedichte rezitieren. Dreh dich um. Zeig mir, ob du einen Tänzerarsch hast.«

Ich wälzte mich herum und preßte meinen Schwanz gegen das verschwitzte, schmierige Plastiktuch. Mir war, als träumte ich – dieser Macker da wünschte sich, er wäre wie ich mit meiner Hühnerbrust und meinen dünnen Armen und Beinen und meinem breiten Hintern. Wahrscheinlich wünschte er sich, er wäre unbehaart und hätte auch noch eine hohe Stimme.

»Oh, ja!« Er stöhnte. »Breit und fest – und nichts als Muskeln.« Er pflanzte mir auf jede Backe eine Hand, massierte die Muskeln und rieb mir den Arsch, während ich mit den Hüften für ihn ruckte und zuckte.

»Was für ein Superarsch!« sagte er, währenddessen er mir

die Badehose auszog. »Große, weiße Kugeln.« Mit leicht gleitenden Handschuhen schmierte er langsam Öl über meine Hinterbacken und steckte mir einen Finger in die Spalte.

Ich spreizte die Beine und hob meinen Arsch seinen Händen entgegen. Er zwängte mir einen Finger ins Arschloch und fing an, mich damit immer tiefer zu ficken. Ich seufzte und entspannte mich, als sich sein ganzer Finger in mir versenkte. Nach ein paar schnellen, erregenden Stößen zog er den Finger heraus und wich zurück.

»Bleib, wo du bist. Beweg dich nicht«, knurrte er. Natürlich gehorchte ich. Sein Finger wurde ersetzt durch einen dickeren, härteren Gegenstand, der sich seinen Weg in meinen Hintern bahnte. Er glitt an meinem Schließmuskel vorbei in meine Eingeweide.

»Ich gebrauche meinen Schlagstock nicht sehr oft«, erklärte er. »Aber du brauchst ihn anscheinend – so wie du dich benimmst.« Wieder trat er zurück. »Dreh dich um, Kleiner«, befahl er.

Ich ließ meinen neuen Dildo, wo er war und rollte mich langsam wieder auf den Rücken. Ich spreizte die Beine und schob ihn weiter hinein. Meine Hände gingen hinauf zu meiner Brust und zwirbelten die Brustwarzen.

»So ist's recht«, lächelte er auf mich herab. »Spiel mit deinen Nippeln. Die sehen aus, als würdest du oft dran rumspielen.«

»Mach ich auch.« Ich strich mit den Händen über meine flache Brust und spürte, wie mein Schwanz mit einem plötzlichen Ansturm von Blut reagierte und an der Spitze leicht zu tröpfeln anfing.

Ich nahm die Brustwarzen zwischen die Finger und sah zwickend und zupfend zu, wie sie größer wurden. Sie waren eine meiner Lieblingsstellen – ich konnte stundenlang daran herumspielen. Und ich kannte einen besonderen Trick, von dem ich wußte, daß er Joe gefallen würde.

Langsam reckte ich den Hals, der zuerst schmerzte, aber dann entspannten sich die Muskeln. Ich drückte die rechte Titte nach oben, so daß die Brustwarze auf meinen Mund zeigte. Ich leckte sie bedächtig und drückte sie zwischen die Lippen. Ich nahm sie zwischen die Zähne und zog sie kauend und massierend lang. Manchmal kann ich auf diese Art kommen.

Bevor es jedoch so weit war, setzte Joe sich auf mich, und griff nach unten, um mit einer Hand den Schlagstock rein- und rauszuschieben, während er mit der anderen Hand sein Hemd aufknöpfte, um seine verschwitzte Matte aus schwarzweißen Brusthaaren, die in der Sonne glitzerten, zum Vorschein zu bringen. Er ließ das Hemd auf die Erde fallen und schnippte gegen seine Brustwarzen, die beide von kleinen, goldenen Ringen durchbohrt waren.

»Ich mag meine Nippel auch«, sagte er, auf mich herabgrinsend.

Er zog an den Ringen seine Brustwarzen lang und zwirbelte sie zwischen seinen Fingern. Während er noch an den Ringen fingerte, zog er mit einer blitzartigen Bewegung die Stiefel aus, streifte die Hose ab und war wieder in den Stiefeln. Alles, ohne die Handschuhe abzulegen.

Er ragte über mir auf wie ein fleischgewordener feuchter Traum. Und die Krönung – nicht Teil seiner regulären Uniform – war seine Unterwäsche; ein nietenbesetzter schwarzer Lederjockstrap, der fast bis zum Platzen gefüllt war.

Er riß sich die Brille herunter und ließ sie in seinen Helm fallen. Verdammt! Ganz durchdringende braune Augen! Ich starrte fasziniert hinein, erschreckt aber auch beruhigt.

»Lutsch weiter an deiner Titte«, befahl er mir und hockte sich auf mich, um seinen Arsch an meinem Bauch zu reiben. Er griff nach unten und quetschte mir die Eier. Seine Handschellen baumelten über meinem Bauch und schlossen sich dann, ein schwerer Schwanzring, um meine Eier und den Schwanz. Er ließ sie am anderen Ende um den Schlagstock klicken. Dann senkte er den Kopf und machte sich über meine andere Titte her.

»Jesses«, flüsterte er und hob den Kopf. »Du hast ja echt lange Nippel. Die besten, die ich je gesehen habe.« Das machte mich noch schärfer – geiles Gerede ist eines des stärksten Aphrodisiaka, die ich kenne.

»Ja, Sir«, raunte ich ihm ins Ohr. »Fast zweieinhalb Zentimeter.«

Er griff nach der Wäscheleine über uns und nahm zwei Klammern ab. Er öffnete eine über meiner Brust und ließ langsam los. Das Holz schloß sich über meiner Brustwarze.

»Meinst du, du hältst es aus? Sag mir, wenn's zu viel wird.« Er setzte die zweite Klammer auf meine andere Brustwarze.

»Das wird mir nie zu viel«, antwortete ich verträumt. »Ich halte alles aus, was Sie machen, Sir.« Ich fühlte mich bei ihm sicher und beschützt. Der Mann war rauh und zärtlich, wie ein Regisseur, der die beste Leistung aus mir herausbringen will. Ich wollte Joe zufriedenstellen. Vor allem, da ich ihm völlig vertraute.

»Verdammt, du siehst gut aus so!« Über Schwanz und Eier goß er mir Öl, das einem Pfad in mein Arschloch und auf seinen Schlagstock zog. Er spielte gedankenverloren an einem Brustwarzenring, während er den Reißverschluß seines Jockstrap öffnete.

Sein fetter, langer Schwanz hing schwer über seinen großen Eiern, und seine Eichel wurde dünn von einer Hülle aus Vorhaut bedeckt. Eine Hand um den eigenen Schaft geschlossen, packte er den Schlagstock und fickte mich damit.

»Fühlt sich gut an«, sagte er. »Wichsen mag ich am liebsten.« Er goß Öl über seinen schwer geäderten Schaft. »Bearbeite deinen Steifen, und ich bearbeite deinen Arsch.«

Mit einer Hand rieb ich über meinen steifen Schwanz, der an den Handschellen zerrte. All die Stimulation, der leichte Schmerz und die starken Lustgefühle brachten mich an den Rand zum Abspritzen. Unter den Klammern brannten meine Brustwarzen in köstlicher Schmerz-Lust, während Joe mit dem schwarzen Leder seinen Hengstschwanz wichste.

Plötzlich schob er mir seine Brust ins Gesicht. »Kau an meinen Ringen. Mach mich so scharf, daß wir zusammen abspritzen können. Ich will dich.«

Ich nahm den Ring zwischen die Zähne und zog fest an seiner Brustwarze, während ich an ihr züngelte. Ich hakte die Finger in beide Ringe und zerrte fest an ihnen, um die fleischigen Knubbel langzuziehen.

Mit den Ringen in der Hand sah ich zu, wie er sich erhob, um mir die Eier ins Gesicht zu pressen. Gierig saugte ich sie ein. Er stöhnte über mir.

»Wichst du dir den Schwanz?« Er griff hinter sich, um meine Eier zu packen. Ich lutschte heftiger, während seine Hand über meinem Gesicht weiterwichste und sein fetter Schwanz nach unten federte und mir gegen Nase und Wangen schlug.

Mit dem Schlagstock fickte ich mich selbst, stieß ihn ein und aus, und die Handschellen schnitten mir ins Fleisch und klatschten mir an den Arsch. Wichsend und mich selber arschfickend spürte ich seine kräftigen Schenkel, die sich gegen meine Rippen preßten, während er sich immer weiter auf den Orgasmus zutrieb.

Er rutschte über meinen Körper, um unsere beiden Schwänze zu packen und uns beide zu wichsen. Ich griff nach oben zu seiner bepelzten Brust und spürte seine Brustwarzen hart unter meinen Handflächen. Seine Eier schmetterten gegen meine, als er unsere Schwänze immer heftiger bearbeitete. Sein behaarter Arsch hüpfte über meinen Hüften.

»Kannst du kommen?« keuchte er. Er kam herunter, um mich zu küssen. Sein Mund senkte sich auf meinen, und seine Wärme und sein starker männlicher Duft machten mich benommen. Stöhnend und keuchend küßten wir uns lange und tief, während seine Hände wie wild an unseren steifen, zuckenden Schwänzen zugange waren.

»Laß uns jetzt zusammen abspritzen«, sagte er und setzte sich auf. Ich packte seine haarigen Eier mit den Fäusten und quetschte sie, während er uns über die Schwelle brachte.

»Ich komme gleich, Sir. Wichsen Sie mich fester.« Ich kam in hohen sprühenden Bögen, die seinen Bauch und seine Brust überströmten, auf seine Hände und seinen Schwanz rannen, von meiner Eichel auf unsere Eier und die Handschellen tropften.

»Ah! Jetzt kommt's. Nimm's, Junge.« Er stieß ein lautes Bullengrunzen aus, als mir gewaltige Batzen dicken, weißen Spermas über Brust und Bauch, in Gesicht und Kopfhaare spritzten. Er erschauerte unter der Wucht seines Orgasmus, seine Beine zitterten, und sein Kopf flog zurück, so daß der kräftige, männliche Hals hervortrat.

Die Mähne schüttelnd, versprühte er einen glitzernden Schauer aus Schweißtropfen. Dann nahm er die Klammern von meinen wunden Brustwarzen.

»Ah!« sagte er schließlich. Sein Gesicht verzog sich zu einem breiten Grinsen, das seine Zähne blitzen ließ, und schaute mich erstaunt und erfreut an.

Er sprang von mir ab und griff nach dem harten Stock, der in meinem Arsch steckte. Gegen den Widerstand meines Arschlochs zog er ihn langsam aus mir heraus. Dann ließ er ihn zu Boden fallen.

»Du siehst so toll damit aus, daß die eigentlich dort bleiben sollten«, sagte er mit einem Blick auf die Handschellen zwischen meinen Beinen. Er beugte sich über mich, so daß mich sein Atem schwer ins Gesicht traf. »Wenn du mich küßt, wenn ich deinen Körper betrachte, das ist das Schönste, was ich je empfunden habe. Ich glaube, es wird mir gefallen, hier zu wohnen. Ich möchte dein Freund sein – falls du's mit 'nem verschwitzten, älteren Schwein aushältst.«

»Vielleicht«, kicherte ich, und zog an einem seiner Tittenringe. »Falls du's mit 'nem verrückten Tänzer aushältst.«

»Ist gebongt«, sagte Joe und zog mich hoch, so daß ich neben ihm stand. »Wir können's ja wenigstens mal versuchen, miteinander auszukommen.« Er umarmte mich fest, wobei seine Hände nach unten wanderten und sich auf meine Arschbacken preßten.

»Außerdem«, köderte ich ihn, »haben wir ja noch gar nicht rausgefunden, was dein breiter Gürtel und mein Arsch miteinander anstellen können. Was für ein rauher Bulle bist du eigentlich?«

Der Rest unseres Gesprächs wurde von unseren Mündern erstickt, die sich zu einem langen, zärtlichen Zungenkuß trafen. Schließlich hatten wir ja den ganzen Sommer vor uns, um zu lernen, uns zu tolerieren. Und das lernten wir sehr gut.

ERST DER ANFANG

Die Sonne war warm an diesem Morgen, und die Wellen schlugen beruhigend ans Ufer. Wie gewöhnlich machte ich einen Strandlauf, und meine Füße sanken leicht in den warmen Sand. Ich zog dahin wie die Wolken am Sommerhimmel über mir. Meine Lungen schmerzten; ich atmete schwer. Aber ich mußte mich zwingen, um mich auf den Marathonlauf im nächsten Monat vorzubereiten.

Weit vor mir rannte ein Mann mit nacktem Oberkörper. Mit dem richtigen Tempo konnte ich ihn einholen. Ich versprach mir, aufzuhören, wenn es mir gelänge. Meine acht Meilen für den Tag hatte ich hinter mir; ich hatte eine Pause verdient.

Als ich mich dem Mann näherte, erkannte ich, wer es war; Rob, ein früherer Klient, und bei der Erinnerung jaulte ich auf. Es war eine Routinescheidung gewesen, kein Fehlverhalten, einfach nicht miteinander ausgekommen, Schluß und Ende. Ich war den Fall gelassen und voller Vertrauen angegangen. Aber Rob war äußerst attraktiv; dunkle Locken umrahmten sein jungenhaftes Gesicht, und seine Augen tanzten über einem breiten, ständigen Lächeln.

Ich hatte mich in ihn verknallt und einen nervösen, unfähigen Deppen aus mir gemacht. Dann hatte ich den Fall an einen der Juniorpartner abgegeben. Als ich ihn aber jetzt sah, fühlte ich mich leichtfertig und wagemutig.

Damals, in meinem Büro, hatte sein Körper in weiten, wenig schmeichelnden Klamotten gesteckt, heute jedoch bot er einen erfreulichen Anblick. Er war braungebrannt und sehr muskulös, und seine Haut glitzerte in der Sonne. Über seinen breiten Rücken rann ihm der Schweiß auf die schmale Hüfte.

Darunter ragte sein Arsch hervor, dessen fleischige Hügel nur spärlich von einem roten Nylonslip bedeckt wurden. Zwischen seinen Arschbacken erschien ein dunkler Schweißfleck, der sie noch stärker, noch verlockender betonte.

Und seine Beine erst! Lange, herrliche Muskelstränge zogen sich von seinem Hintern zu enorm dicken Quadrizepsen, die in dünne, fast zerbrechliche Knie übergingen. Seine Waden waren das Ergebnis langer Stunden fanatischen, hingebungsvollen Trainings, und die herzförmigen Prachtstücke dehnten und beugten sich unter seinen Bewegungen.

Er lief schwerfällig und wegen der außerordentlichen Größe und Kraft seiner Muskeln mit weit gespreizten Beinen. Seine nackten Füße wirkten gefährlich zierlich und ihrer Aufgabe nicht gewachsen. Seine Arme schwangen im rechten Winkel zu seinem wuchtigen, sich hebenden und senkenden Oberkörper.

Als ich nur noch wenige Zentimeter hinter ihm war, stellte ich fest, daß er rasiert war, sogar unter den Armen, und an seinen Beinen begannen kleine Stoppeln zu wachsen. Meine alte Leidenschaft für ihn flammte wieder auf, und mir schwirrte der Kopf von dem Anblick und dem schwachen Duft seines unleugbar kraftvollen und männlichen Körpers.

»Hey, Jack«, keuchte er, als ich zu ihm aufgeschlossen hatte. Die gleichen Augen und das bezaubernde Lächeln.

»Hi, Rob.« Ich fühlte mich zu ihm hingezogen wie früher, vielleicht sogar stärker. Meine Blicke wanderten von seiner Brust mit den fetten, saftigen Nippeln über seinen Waschbrettbauch und blieben an seiner dicken Beule hängen. Seine Eichel drängte gegen den Stoff, und seine Eier hüpften leicht beim Rennen.

»Bist du durch?« fragte er. »Willst'e 'ne Pause machen?« Er rieb sich die Brust, und seine Hand spielte mit seinen Brustwarzen, um dann über seinen Bauch zu gleiten und das Paket zu streicheln.

»Ja – legen wir 'ne Pause ein.« Ich wurde langsamer, schwang die Arme über den Kopf und wieder herunter. Ich rollte die Schultern und dehnte die Arme, wobei ich Rob leicht streifte.

»Meine Sachen sind da drüben.« Er deutete hin. »Komm mit.« Schelmisch lächelnd berührte er kurz meine Brustwarzen mir dem Handknöchel.

Er führte mich über den Strand zu einer kleinen Stelle hinter ein paar Dünen. Sie war von Felsen umgeben und vom übrigen Strand nicht einzusehen. Er hatte im Hinterhalt gelegen, und ich war unwissentlich – aber ganz bereitwillig – in seine Falle getappt.

Er ließ sich auf ein helles Badetuch fallen und rieb sich die Beine mit Sonnenschutzmittel ein, das er in seine dunkle, unbehaarte Haut einmassierte.

»Ich bin kein Läufer – schätze, das hast du gemerkt.« Seine Hand glitt über die Oberschenkel und streifte seinen anschwellenden Penis. »Ich mach nur 'n kurzen Sprint nach dem Krafttraining. Ich habe demnächst einen Wettbewerb und brauche noch mehr Muskeln und muß brauner werden.«

»Du siehst besser aus, als ich gedacht hatte«, sagte ich.

»Ach ja?«

»Ja«, gab ich zu. »Viel besser. Ich hab mich immer gefragt, wie du wohl nackt aussiehst.«

»Hier.« Er reichte mir die Flasche mit der Lotion. »Reibst du mir den Rücken ein?«

Ich nahm ihm die Flasche aus der rauhen, schwieligen Hand. Ich war dankbar und aufgeregt, mit ihm zusammen zu sein. Etwas an ihm bewirkte, daß ich mich wohlfühlte, und aufs Äußerste erregt und verwirrt wurde.

Er seufzte tief, als ich ihm die Lotion in die karamelfarbene Haut einmassierte. »Du hast gute Hände. Ich fragte mich schon, wie lange ich noch warten müßte.«

»Du hast darauf gewartet?« Meine Erektion wuchs und bildete ein Zelt unter meiner Shorts.

»Und wie. Seitdem ich dich kennengelernt habe. Du bist so lang und schlank. Ich wollte immer so sein, war's aber nie. Und da hab ich angefangen, zu trainieren, um mehr Muskeln zu kriegen. Und dann wurde ich gierig. Ich wollte immer stärker und kräftiger werden, mehr Aufmerksamkeit bekommen.

Ich brauchte 'ne ganze Weile, um's zu kapieren.« Er beugte sich nach vorn auf seinen Bauch. »Aber schließlich gestand ich es mir ein, das mit mir und den Männern. Und das führte dazu, daß ich mit einem Mann zusammensein wollte. Und als ich dich dann kennenlernte ...«

»Du hast tolle Beine.« Ich streichelte sie, während ich die Lotion auftrug. Ihre beeindruckende Länge, ihre unglaubliche Kraft entflammten meine Leidenschaft.

»Die sind Wahnsinn. Ich hab mich geschunden wie ein Hund, um solche Beine zu kriegen. Sie sind mein Lieblingskörperteil.« Er spannte die festen Muskeln, die sich deutlich im Sonnenlicht abzeichneten.

»Am liebsten mag ich meine Waden«, sagte er. Sie waren breit wie meine Oberschenkel. Ich preßte meine Hand an seine Wade.

»Kräftig«, sagte er. »Stark.« Er legte eine Hand auf meine. »Ich wollte dich anrufen. Aber ich war zu durcheinander und zu fixiert auf dich, um irgendwas zu machen. Ich mußte mich erst daran gewöhnen, mich in einen Mann zu verliebt zu haben.«

»Woher wußtest du, daß das hier passieren würde?« Ich machte es mir auf dem Handtuch bequem, die Hand auf seinem Hintern, unsere Gesichter dicht beieinander.

»Durch die Art, wie du mich angeschaut hast«, flüsterte er und küßte mich leicht auf die Wange. »Ich beschloß, es zu riskieren.«

Dieser Mann – sein Körper, der das Ergebnis von Jahren harter, körperlicher Arbeit war, und seine Gefühle, die er freimütig vor mir ausbreitete – faszinierte mich. Ich schob meine Finger in den Elastikbund seiner Badehose. »Laß mich sie dir ausziehen – dann kann ich dich besser einreiben.«

»Du deine aber auch. Alles.«

»Keine Sorge. Das mach ich.«

Er hob die Hüften und zog die Hose aus.

Da war er – sein wunderschöner Arsch. Braungebrannt wie sein übriger Körper, sah er aus wie Honig auf Karamelbonbons. Voll und saftig, reif und bereit wölbten sich mir seine Backen entgegen; hart wie Granit und glatt wie Seide.

»Verdammt!« Beim Anblick seines Hinterns fielen mir nur Superlative ein. »Prachtvoll. Braun und glatt. Welch ein Anblick. Die Größe, die Form – einfach perfekt.«

Ich streifte die Shorts ab und riß mir Schuhe und Socken herunter. Als ich mich wieder zu Rob umdrehte, lag er auf dem Rücken und seine ganze Vorderseite bot sich meinen Blicken dar.

Mit hinter dem Kopf verschränkten Händen lag er da. Meine gesamte Aufmerksamkeit konzentrierte sich auf seinen steifen Schwanz und seine schweren Hoden. Zu meiner Überraschung war er zwischen den Beinen ebenso unbehaart wie am Rest seines Körpers. Sein glatter, bronzefarbener nackter Schoß ließ seinen Schwanz und seine Eier, die Adern, die Formen in scharfem Kontrast hervortreten.

»Manchmal laß ich mich beim Rasieren gehen.« Er fuhr mit den Händen über seine bloße Scham und unter die Eier. »Gefällt's dir?«

Ich nickte eifrig.

»Mir auch. Ich werd so geil, wenn ich mich da rasiere, daß ich zwei oder dreimal abspritze.«

Er legte meine Handfläche flach auf seinen Schoß. Ich tätschelte ihn und fuhr mit der Hand unter seine fetten Eier und über seinen Schaft. Es dauerte nicht lange, und er war stahlhart, die Adern dick und purpurn, die Eichel prall vom breiten Rand bis zur dünnen Spitze.

Ich senkte das Gesicht auf die weiche, empfindsame Haut. Ich schmeckte den schweren Schweiß, schlabberte an seinem Fleisch, leckte, küßte. Mit der Zunge fuhr ich über seinen Schoß, tief hinab zwischen die Schenkel, kitzelte ihn an der Schwanzwurzel und züngelte an der Unterseite des Schafts.

Urplötzlich riß er mich hoch, so daß ich neben ihm zu liegen kam. Er bestand nur noch aus Lippen und tastenden Händen. Er riß mich an seine Brust. Sein Mund senkte sich auf meinen, seine Zunge fuhr tief in meinen Mund, unter meine Zunge, hinter meine Zähne. Er stöhnte und zog mich noch fester an sich. Er zog mich auf sich, spreizte die Beine und schlang sie um mich, wobei er seine atemberaubenden Schenkel auf meinen Hüften ruhen ließ.

»Das ist phantastisch«, sagte er nach Luft schnappend. »Es ist toll, mit einem Mann zusammenzusein.«

»Ist das dein erstes Mal?«

»Natürlich.« Er griff in seine Tasche und holte eine Packung Kondome heraus. »Schon mal mit Gummis gespielt?« Er riß die Schachtel auf und zog eine Folie mit einem Gummi heraus. »Ich wichse immer mit Gummi. Schon bei dem Gefühl werd ich steif. Und der Geruch erst ... Da komm ich fast von alleine. Und jetzt will ich wissen, wie sich so einer in mir anfühlt.«

Langsam riß er die Folie auf, und ein flacher, runder Gummi kam zum Vorschein. Er berührte meine Schwanzspitze und rollte ihn mir sachte über den Schwengel, der unter der Hülle glänzte, als er den Gummi fest anzog. Er packte fest meinen Schwanz und fuhr mit den Händen am Schaft auf und ab.

»Schau dir dein fettes Teil in dem Gummi an, Mann.« sagte er, fand eine Tube KY und drückte einen Tropfen daraus auf meinen Schwanz. »Fühlt sich gut an, was?« Dann schmierte er sich das Gleitmittel aufs Arschloch. Er fickte sich zuerst mit einem, dann mit zwei und drei Fingern. Er dirigierte mich zu sich, ersetzte die Finger durch meine Eichel und machte ein Geräusch zwischen kichern und seufzen. »Ich hätte nie geglaubt, daß ich mal einen Mann bitten würde, mich zu ficken. Als ich dich traf, hatten meine ganzen Phantasien ein Gesicht. Jede Nacht, wenn ich masturbierte, stellte ich mir vor, dir ins Gesicht zu sehen, während du in mir bist. Das ist Liebe für mich: miteinander schlafen und sich wünschen, zusammen alleine zu sein.«

»Und ob«, stimmte ich zu. »Das genau ist Liebe.« Ich bohrte meinen Ständer hart gegen seinen Arsch. »Ich will jetzt deinen Muskelmännerarsch ficken.«

»Bitte fick mich, Jack. Schieb mir deinen Schwanz rein.« Er hob die Beine hoch über den Kopf.

Das ließ ich mir nicht zweimal sagen. Ich beugte mich über seinen Rücken und zwängte meinen Schwanz in ihn, als ich spürte, daß er sich mir öffnete, bis ich der Länge nach in ihm steckte.

Stöhnend und seufzend wand er sich unter mir. Seine Hände irrten über seinen Körper, zwirbelten seine Brustwarzen und packten seinen Schwanz, der Gleitflüssigkeit auf sie ausstieß, während er ihn wichste und die Eier hüpfen ließ.

»Sei nicht vorsichtig, nur weil ich 'ne Jungfrau bin«, sagte er. »Fick mich hart – so wie ein Mann einen Mann fickt.« Er rückte näher, so daß ich vom Fleisch seiner gigantischen Beine fest eingehüllt wurde.

Ich ritt ihn hart und schnell. Meine Eier pendelten frei. Sein Arsch verkrampfte sich eng und unnachgiebig um meinen Schwanz. Zwar mochte es sein erstes Mal sein, aber er wußte was er wollte, und er war ein Naturtalent. Er legte mir die Beine über die Schultern, und seine Waden kuschelten sich an meine Ohren.

»Spür meine Beine«, sagte er. »Mach weiter. Fick mich, bis ich schön locker bin, und dann füll den Gummi mit deiner Sahne.«

Ich packte ihn an den Fußknöcheln und fing an, Ernst zu machen. Seine Augen und sein Lächeln baten stumm um mehr. Seine Schenkel klatschten gegen meine Brust, als ich tief in ihn vorstieß. Ich vergrub meinen Schwanz bis zum Anschlag und zog ihn langsam wieder zurück, bis der Gummi kaum noch an seinem Arschloch kitzelte – dann versank ich wieder in seinem göttlichen Hintern.

»Küß mich, Jack. Bring mir bei, zu küssen und einen großen Schwanz aufzunehmen.«

Unsere Münder küßten sich wie rasend, und unsere Lust war grenzenlos. Ich verlor sämtliche Zurückhaltung. Ich fickte ihn wund – wir beide hatten uns dies seit Monaten gewünscht. Wir prallten gegeneinander und schrien beinahe, als unser Stöhnen und Seufzen immer lauter und unser Ringen immer wilder wurde, bis wir einen Moment lang in unserer überwältigenden Lust und Begierde buchstäblich gegeneinander kämpften.

Rob zuckte und wand sich und molk seinen Schwanz mit magischen, athletischen Muskeln. Die Beine fest um meine Hüften geschlossen, rollte er auf die Schultern. Während er mich über sich zog, wichste er seinen geschwollenen, tröpfelnden Schwanz noch heftiger, bis die Adern hervortraten und die Eichel tiefrot anlief.

»Jetzt!« rief Rob. »Gib's mir!« Ohne einen Takt lang auszusetzen, bäumte er die Hüften auf und beugte den Kopf bis er fast seinen Schwengel berührte. Sperma strömte aus seinem Schwanz, mit dem er fachmännisch auf seinen Mund zielte. Er fing einen Batzen davon mit der Zunge auf und schluckte ihn.

Während er abspritzte, klammerte sich sein Arsch um meinen Hammer, seine Muskeln zuckten und bebten und brachten mich über die Schwelle. Die Explosion schoß durch meine Eier und meinen Schwanz. Ich spritzte in Robs Arsch ab und füllte den Gummi, in den ich all die Leidenschaft und Energie verströmte, die er in mir entfacht hatte. Nur meine uferlose Zuneigung zu ihm blieb.

Noch immer lächelnd leckte er sich das Sperma von den Lippen. Er lockerte den Griff um meinen Schwanz und ließ ihn aus seinem Hintern gleiten. Ich sank zur Seite, um mich neben ihn zu legen und den Kopf an seine herrliche, beschützende Brust zu schmiegen.

»So«, brach er endlich unser Schweigen. »Darf ich dich etwas ganz Besonderes fragen?«

»Klar«, antwortete ich verträumt und leicht.

»Ich brauche jemanden, der mich für den Wettbewerb rasiert. Und mich hinter der Bühne einölt. Meinst du vielleicht ...?«

»Ich weiß nicht. Dann kommst du vielleicht nie auf die Bühne.«

»Doch, das werd ich. Von diesem Wettbewerb hält mich nichts ab. Ich werde gewinnen. Außerdem«, – er zog mich an seine Brust – »wirst du müde sein, wenn du deinen Marathon gewonnen hast, stimmt's?«

Als wir dann zu dem Wettbewerb kamen, war ich schärfer (und verliebter) denn je. Er war frisch rasiert und eingeölt und posierte unter den hellen Scheinwerfern. Aber das ist eine andere Geschichte für ein andermal.

LERNEN, WO'S LANGGEHT

Ich war zu Besuch ›zu Hause‹, hatte mich von meiner Familie abgesetzt und saß in einer Schwulenkneipe am Samstagabend in Oklahoma City. Ich schaute mir die Männer an – echte Cowboys von Farmen und Ranches, die über Nacht in der Stadt waren. Ein Mann fiel mir auf, dessen Arsch in seiner Jeans zuckte und dessen saftige Backen und Oberschenkel die Nähte dehnten. O-beinig ging er zum Billardtisch, den er umrundete, während er seine Stöße absolvierte.

Er streichelte sein Queue und fuhr sich damit zwischen die Beine, wenn er sich zu den Kugeln beugte. Er reckte sich zu einem schwierigen Stoß über den Tisch, wobei sich seine Arschbacken spannten. Lachend sprang er zurück, als er seinen achten Ball verfehlte. Er nahm sein Queue auf und trank einen Schluck von seinem Bier.

Ich musterte ihn – die Art, wie er beim Lachen den Kopf bewegte. Schließlich bemerkte er mich an meinem Tisch im Schatten. Er kam auf mich zu, beugte sich dicht an mein Gesicht und faßte nach mir.

»Roger?« Er ließ seine Hand auf meiner Schulter liegen. Eine rote Locke fiel ihm in die Augen, als er seinen Strohhut abnahm.

Da erinnerte ich mich. Wir waren die besten Freunde gewesen – damals, als Kinder. »Teddy«, sagte ich und legte meine Hand auf seine.

Er stieß ein leises Knurren aus. »Seit langem hat mich niemand mehr Teddy genannt. Alle nennen mich Ted – bis auf dich.« Er ließ sich auf den Stuhl neben mir fallen und rieb sein Bein an meinem. »Nenn mich Teddy, so wie früher.«

»Ich hab dich gar nicht erkannt. Aber dann hast du den Hut abgesetzt – die ganzen roten Haare!«

»Ich hab dich erkannt.« Er lachte. »Deine Lippen. Keiner hat solche wie du. Ich träum immer noch davon.« Sein gestutzter Schnauzer berührte kaum seine Lippen über seinem breiten, herzlichen Lächeln.

»Diese Lippen?« Ich beugte den Kopf zu seinem Gesicht.

Wir brachten unsere Münder zusammen, trieben buchstäblich auf einander zu und füllten die Lücke all der Jahre zwischen uns. Sein Schnauzer kitzelte, als seine Zunge meine Zähne auseinanderzwang. Er leckte an meiner Zunge, die er fast mit der Wurzel ausriß.

»Verdammt!« Er lehnte sich in seinem Stuhl zurück. »Ja! Diese Lippen.« Er tätschelte mir das Bein. »Wollen wir gehen?«

Stolzierend wie ein kleiner Bulle führte er mich zu einem Parkplatz. Um seine Hüfte lag ein Gürtel, dessen untertassengroße Schnalle im Mondlicht glitzerte. Sein T-Shirt schmiegte sich um seine kompakte Brust, und seine kleinen Knubbel drückten sich gegen den weißen Stoff.

»Hast du Lust, zum Spielen mit mir nach Hause zu kommen?« fragte er, während er die Tür eines leuchtend roten Kleinlasters mit schimmernden Schlammflecken und polierten Chromgestellen öffnete. »Oder bist du da rausgewachsen?«

»Aus dem Spielen mit dir bin ich nie rausgewachsen.« Ich zwickte ihn in seinen kleinen Hintern und legte ihm den Arm um die Schultern. »Du warst's doch, der mich abserviert hat, weißt du noch?«

»Ich hab dich nicht abserviert.«

»Wie zum Teufel hast du's genannt, als du nicht mehr mit mir sprechen wolltest?«

»Ich nannte es, ein anständiger Kerl sein.«

»Das hat wehgetan«, sagte ich und rieb mit den Handknöcheln an seiner Wange.

»Ich war ein verklemmter Idiot.« Er schmiegte das Gesicht in meine Hand. »Irgendwann hab ich mir dann eingestanden, daß ich in dich verliebt bin«, sagte er. »Und heute abend – du hast mich angeschaut, wie damals, als ich Football spielte. Ich hab mir immer gewünscht, daß du mitspielst. Mich vielleicht umrennst.«

»Dich umrennen?« lachte ich, rutschte umständlich an ihn heran und legte ihm die Hand auf den Oberschenkel. »Ich war doch der weibische Bücherwurm. Ich hab diese Stadt gehaßt und euch rauhe Jungs alle dazu.« Ich beugte mich zu ihm und küßte ihn auf die Wange, während ich ihm die festen Muskeln unterhalb seines Schädels drückte.

»Du lügst«, sagte er. »Du hast mich nicht gehaßt. Als wir klein waren, haben wir Piraten gespielt. Und du hast mich immer festgebunden. Aber dann wurden wir älter, und ich wollte nicht mehr dein Freund sein, weil ich mich vor deinen Gefühlen fürchtete. Aber ich wußte – du warst der, den ich wollte.«

Er fuhr vom Highway ab, kurvte über die Schieferstraße zu seiner Milchfarm, um das Auto schließlich neben der Scheune zu parken. Ich stieg aus und ging auf das Wohnhaus zu.

»Nein«, flüsterte er. »Da drin ist's zu heiß. Bleiben wir hier draußen.«

Er nahm mich in die Arme und bürstete mit seinem Schnauzer leicht über meine Lippen. Unserer Münder trafen zusammen, als er sich mir entgegenlehnte und seinen Unterleib an meinen preßte. Wir küßten uns ausgiebig, und seine Finger packten mich zärtlich am Rücken und wanderten zu meinem Arsch.

»Oh, Mann«, stöhnte er und griff nach seinem Reißverschluß. »Ich muß unheimlich pissen.« Er wandte sich von mir ab, spreizte die Beine und ließ die Jeans herunter, wobei sein Gürtel gegen seinen Oberschenkel klatschte und sein verschwitzter, sommersprossiger Arsch bleich wie der Mond zum Vorschein kam.

»Versteck's nicht vor mir, Teddy«, Ich trat hinter ihn, preßte ihm den Schritt gegen den Arsch und griff herum, um seine Eier anzufassen. »Laß mich zusehen.«

»Stehst du immer noch drauf, Männern beim Pissen zuzugucken?« Er hielt seinen fetten, klobigen Schwanz in der Hand, quetschte den Schaft, legte eine Hand auf meine und ließ seine Eier hüpfen. »Willst du sehen, wie die Pisse aus meinem kleinen Specht kommt?«

»Deine geile Pisse aus deinem geilen Schwanz«, sagte ich, während die ersten Tropfen von seiner Eichel plätscherten.

Kichernd zielte er und drehte sich in die Hofbeleuchtung. »Du hast mich immer angeglotzt.« Er hob den Schwanz an, so daß seine Pisse in hohem Bogen in die Luft schoß. »Jedesmal wenn ich pinkeln mußte, warst du gleich zur Stelle.

»Teddy, du siehst toll aus, wenn du pißt.« Ein dicker, geräuschvoller Strahl plätscherte aus seinem Schwanz und sammelte sich in einer Pfütze am Boden. Er molk die letzten Tropfen heraus und leckte sie sich vom Finger ab.

Er lächelte mich an. »Jetzt ist aber Zeit, richtig zu spielen. In der Scheune, wie früher.« Sein Schwanz wurde dicker und hob den Kopf, während seine Eier locker baumelten, als er steifbeinig mit der Jeans auf den Knien durch das Tor der Scheune trat.

»Die ganzen Brusthaare«, sagte er zur mir gewandt. »Jetzt krieg ich dich, Roger.« Er riß mir das Hemd auf, schob es mir über die Arme und schleuderte es zu Boden. Das Gesicht in meiner Brust vergraben, strich er mir mit den Händen über den Bauch.

»Zieh die Klamotten aus«, befahl ich ihm. »Ich will dich nackt sehen.«

Er schälte sich aus seinem T-Shirt. Im Mondlicht, das durch das Scheunentor fiel, traten seine Brustwarzen scharf hervor. Er setzte sich auf einen Heuballen und zog Jeans und Stiefel aus.

»Roger – hast du Lust, wieder Piraten zu spielen?« Er stieg wieder in die Stiefel. Bis auf Stiefel und Hut war er jetzt nackt.

»Piraten?« Ich kicherte.

»Sag ja, Roger.« Er griff nach einer Rolle Seil und hielt sie mir hin. »Bitte.«

Während ich das Seil entgegennahm, stellte er sich schon auf, um sich fesseln zu lassen. Er stemmte die Fersen in die Erde, breitete Arme und Beine aus und packte mit den Fingern die niedrigen Balken. Mit seinen klobigen, schwieligen Händen, deren Fingernägel bis zum Rand abgekaut waren, hielt er sich an dem verwitterten Holz fest.

»Jetzt bind mich an.« Seine Stimme bebte. »Wie du's früher gemacht hast. Damals, als wir Freunde waren. Bitte, Roger. Ja?«

Das Flehen in seiner Stimme war nicht zu überhören. »Klar bind ich dich fest, Teddy.«

»Und mach richtig feste Knoten.«

»Und ob«, sagte ich und zog ihm das Seil übers Gesicht. »So eng wie's geht.« Ich schlang ihm das Seil um die Handgelenke und verschnürte es mit einem Schifferknoten über den Balken. Die Muskeln in Armen und Schultern verkrampften sich, und seine Hände ballten sich zu Fäusten. »Und dann küß ich dich überall. So, daß du am ganzen Leib bibberst.« Ich zog das Seil an und zwang ihn, sich höher zu strecken.

»Bind's richtig fest, Mann. Du willst doch nicht, daß ich freikomme, oder?« Er zerrte an den Fesseln, deren Knoten ihm ins Fleisch schnitten.

»Du wirst nicht freikommen.« Ich legte ihm einen Strick um die Stiefel und band ihm die Füße an die Melkboxen. »Das hält.« Ich zerrte an den Stricken über seinem Kopf und ließ seinen Arsch gegen meinen Ständer pendeln.

Teddy war verschnürt, all seine kleinen Rodeoreitermuskeln waren gespannt, und Haut und Haare schimmerten fahl im Mondlicht. Der Duft des Heus streichelte meine Nüstern und umfing mich trostspendend. Selbst der durchdringende, scharfe Geruch des Kuhdungs ...

Ich war zu Hause. Alles andere zählte nicht. Nur mein süßer, kleiner, sommersprossiger Teddyboy. Und natürlich, ihn in den Arsch zu ficken, ihn zum Orgasmus zu bringen.

Ich führte das Seil zwischen seinen Beinen hindurch und schlang es ihm fest um die Eier, so daß sie schwer in seinem runzligen Sack herunterhingen. Sein unbehaarter Unterleib spannte sich angestrengt unter den Stricken, und seine Schamhaare bildeten einen kleinen Hof aus hell leuchtendem Orange über seinem zuckenden Schwengel.

»Schau, wie steif dein Schwanz raussteht«, sagte ich. »Der bettelt nach mir.« Ich griff nach seinem Hammer und fuhr mit einem Finger am Schaft entlang, über dem die Eichel aus der Vorhaut lugte.

»Jetzt hast du mich«, sagte er. »Mach mit mir, was du willst – ich gehöre dir.«

»Ich weiß. Mein geiler Cowboy.« Ich strich mit der Hand über den Schaft und sah zu, wie er noch steifer wurde und in seinem Schlitz ein glitzernder Lusttropfen erschien. »Du tust jetzt alles, was ich dir sage«, knurrte ich ihm ins Ohr. »Jetzt bin ich der Boss.« Ich trat wieder vor ihn.

»Jetzt«, stöhnte er. »Räch dich für jedesmal, wenn ich dich traurig und geil gemacht habe.«

In Stiefeln und Strohhut hing Ted schwer atmend da, die tiefen Wellen bebten bei jedem Atemzug, und sein Schwanz zuckte.

Ich ging vor ihm in die Knie und schaute ihn von oben bis unten an. Unter der Krempe seines Huts schaute er auf mich herab.

»Jetzt lutsch ich dir den Schwanz und leck dir die Eier. Du kannst mich nicht davon abhalten. Du bist gefesselt.« Ich packte ihn an den kantigen Hüftknochen und leckte an dem weichen Rand seiner Eichel.

»Willst du mich nicht in den Arsch ficken?« Er versuchte, sich umzudrehen. »Mir deinen ganzen fetten Schwanz reinschieben?«

»Dazu ist noch 'ne Menge Zeit.« Ich bedeckte seinen Schwanz mit Spucke. »Zuerst bring ich dich auf Touren. Endlich find ich raus, wie dein geiler, kleiner Schwengel schmeckt.«

Langsam senkte ich mich über seinen Schwanz, dessen schmale Spitze an meinem Gaumen schabte und dessen fetter Schaft mir die Lippen dehnte. Seine Eichel drückte sich hinten in meinem Mund und glitt langsam auf meine Kehle zu.

»Oh, Mann«, stöhnte er und stieß gegen mein Gesicht vor. »Diese Lippen sind besser, als ich mir's je erträumt hab. Du ... Roger, ich will dich am Arsch spüren. Deine geilen Lippen auf meinem Hintern.«

»Auf deinem ganzen Hintern«, sagte ich und ließ seinen spucketriefenden Schaft fahren. »Mein Mund auf deinem engen, kleinen, rosa Arschloch.« Ich kauerte mich unter ihn, spreizte ihm die Backen und versenkte meine Zunge in seinem Arsch.

»Verdammt!« Er kämpfte gegen die Fesseln an, um mir entgegenzukommen. »Schlabber meinen Hintern ab, Mann. Mach ihn richtig schön naß. Darauf hab ich jahrelang gewartet – auf dich und die Stricke und deinen fetten, alten Bolzen, der mir den Arsch aufreißt.«

Ich stand hinter ihm auf und legte ihm die Lippen ans Ohr. »Und mein fetter, alter Bolzen hat die ganzen Jahre drauf gewartet, da reinzukommen. Jetzt paß auf, Mr. Supermacker. Jetzt läßt du mich nicht mehr links liegen, Teddy.«

Ich schmiegte mich an seinen Rücken, schloß die Handflächen um seine vollen Backen und massierte das sommersprossige Fleisch. »Verdammt! Ist das 'n toller Arsch, wie geschaffen zum Durchvögeln.« Meine Eichel drang zwischen seine Arschbacken und schlüpfte auf einer Schweißschicht rasch hinein, bis mein Schaft tief in seinem warmen Arschloch steckte.

»Oh, fick mich durch!« Er fing an, sich schreiend und bettelnd in seinen Fesseln zu winden.

»Tiefer! Oh, Roger! Fester. Tiefer. Oh! Fick mich in den Arsch.« Er warf den Kopf hin und her und sein Hut flog ihm vom Kopf, als er sich wieder auf meinen Schwanz senkte.

»Ich fick dich, Teddy. Weil ich dich liebe und will, daß du dich erinnerst, wie gemein du zu mir warst.«

»Ja!« brüllte er. »Erinner mich dran!« Sein Schließmuskel verkrampfte sich über meinem Schwengel und schnitt das Blut in meiner anschwellenden Eichel ab.

»Damals im Flur – an deinem Spind. Da sagte ich dir-«

»Ja. Du sagtest mir ...«

»Was hab ich dir gesagt?« Mit der Hand an seinem Schaft rammte ich in ihn hinein, daß die Balken ächzten. So fest, so erbarmungslos!

»Du sagtest – oh, fick mich durch! Du sagtest mir, daß wir immer ganz besondere Freunde bleiben sollten.«

»Und-« Ich packte ihn an den Eiern, verdrehte sie in meiner Faust und zog sie in ihrem Sack lang.

»Und du wolltest, daß ich dich küsse.«

»Stimmt. Und was hast du gemacht?« Ich zog ihm den Schwanz aus dem Arsch.

»Steck ihn wieder rein. Fick mich!«

»Erzähl mir den Rest, Teddy. Was ist dann passiert?«

»Ich ging weg. Jetzt schieb ihn mir wieder rein, verdammich!«

»Bevor du weggingst – was hast du da gesagt? Oder hast du's vergessen?«

»Ich hab's nicht vergessen.« Er stand still, seine Stimme war nur noch ein Flüstern. »Ich war jung und dumm, Roger.«

»Was hast du gesagt?« Ich verstärkte den Griff um seine Eier.

»Ich hab gesagt, du wärst nichts als 'ne Schwuchtel, und du solltest mich nie wieder ansprechen.«

»Und jetzt, Teddyboy.« Ich steckte ihm den Schwanz in den Arsch. »Jetzt bist du auch nur noch 'ne Schwuchtel.« Ich rammte ihn hinein. »Genau so schwul wie ich.« Ich stieß hart und fest zu und spürte, daß er sich mir öffnete. »Du hübsche, süße Schwuchtel. Ich hab nie aufgehört, dich zu lieben und mich nach dem hier zu sehnen.«

»Ich war gemein zu dir, Roger, Baby. Bitte verzeih mir.«

»Wenn ich damit fertig bin, deinen kleinen Arsch durchzurammeln, du verdammter Bastard, vielleicht dann.«

»Was, vielleicht dann?« keuchte er, warf sich meinem Penis entgegen, und sein Arsch entlockte meinen Eiern das Sperma, das mir in die pralle Eichel schoß.

»Vielleicht, mein Kleiner, können wir dann die ganzen Häßlichkeiten aus unserer Jugend verzeihen.«

»Ich verzeihe dir«, sagte er. »Daß du so verdammt zickig warst, als ich's dir erklären wollte. Daß du aufgelegt hast, als ich anrief. Und...« – er rammte mir den Arsch entgegen, daß ich das Gleichgewicht verlor – »daß du mich vor allen andern ausgelacht hast, als ich dir anbot, dich heimzufahren.«

»Und...« – ich drehte ihm den Kopf herum, um ihm in die Augen zu blicken – »Ich verzeihe dir!« Ich küßte ihn und biß ihm in die Zunge. Und dann kam ich. Meine Sahne strömte in seinen willigen Hintern hinein.

»Oh, Roger, Baby«, flüsterte mir Ted ins Ohr. »Dein ganzes Sperma in mir. Das funkelt in mir wie ein Brillantfeuerwerk. Laß mich dich spüren, Mann.« Er kämpfte gegen die Stricke an und zerrte an ihnen, während seine Arschmuskeln meinen Schwanz austrockneten.

Er küßte mich zärtlich mit schlaffen, passiven Lippen. »Hey«, lächelte er und lehnte sich zurück, um mir in die Augen zu schauen. »Du kannst dich sicher gut um mich kümmern.«

»Kein Wort.« Ich zog ihm den Schwanz aus dem Arsch. »Ich bin noch nicht fertig mit dir.«

Ich ging um ihn herum und fuhr mit den Händen über Brust und Bauch. »Dreh dich um. Stell dich ganz gerade hin.«

Er gehorchte sofort bereitwillig. »Ja, Sir. Was du willst.«

»Ich hab was angefangen, das ich zu Ende bringen muß.« Ich ging vor ihm in die Knie und senkte mich über seinen Schwanz.

»Schluck ihn«, sagte er. Er drängte sich gegen mich und füllte mich mit seinem steinharten Schwengel aus. »Lutsch den Tuckenschwanz. Ich will nur, daß du mich liebst, Roger. Daß du mich fesselst und mich liebst.«

Er rammte seinen Schwanz in mich und zog ihn wieder heraus, bis mich die Spitze seiner Vorhaut kitzelte. »Hier-« Er steckte ihn mir wieder in den Mund. »Geh wieder drüber mit deinen tollen Lippen.« Jetzt fing er an, mich richtig tief und fest in den Mund zu ficken. Innerhalb von Sekunden erschauerte er, stieß mir den Unterleib ins Gesicht und rammte mir seine Eichel in die Kehle.

»Jetzt kommt's!« Er riß mir den Schwanz aus dem Mund. »Oh! Du bist mein ein und alles, Roger. Ich spritz dich ganz mit meinem Saft voll.« Heißes, dickes Sperma schoß mir ins Gesicht und floß mir übers Kinn herunter auf die Brust. Er drehte sich in den Hüften, um mir seinen Schwanz übers Gesicht zu reiben.

»Ich glaub, ich verzeih dir, daß du mir das Herz gebrochen hast.« Ich strich ihm das Stroh aus den Haaren. »Aber nächstes Mal ...« Ich setzte ihm seinen Hut auf.

»Keine Angst, Baby.« Er beugte sich herunter, um mir das Gesicht abzulecken. »Das Herzenbrechen haben wir hinter uns.«

SOMMERHITZE

Ein heiß-feuchter Augustnachmittag in Oklahoma. Seit Stunden war ich durch öde Ebenen gefahren, die sich bis zum Horizont erstreckten. Da sah ich jemanden vor mir, einen Tramper. Als ich abbremste, stellte ich fest, daß es sich um einen jungen Mann mit muskelbepackten Beinen unter einer weißen Sporthose handelte, dessen behaarte Brust nur spärlich von einem verschwitzten Unterhemd bedeckt wurde.

»Wo soll's hingehen?« Ich beugte mich über den Sitz.

»So weit du mich mitnimmst. Ich will nach Tulsa.«

»Steig ein. Ich fahre auch nach Tulsa«, log ich.

»Toll. Ganz schön heiß heute.« Er öffnete die Tür, warf seine Tasche auf den Rücksitz und stieg ein.

»Da hinten hab ich 'n bißchen Eiswasser«, bot ich ihm an. Als er sich über die Lehne beugte, hingen ihm seine großen, behaarten Eier aus der Shorts. Er nahm tiefe Schlucke direkt aus der Flasche.

»Ich dachte schon, mich würde nie einer mitnehmen.« Er ließ sich wieder in den Sitz fallen. »Verdammt! Schau mal da. Ich hab 'n Ständer gekriegt.« Er schaute mir zwischen die Beine. »Du hast auch einen, stimmt's?«

Ich nickte.

»Da gibt's nur eins.« Er zog den Schwanz aus seiner Shorts, der hoch aufragend an seinem Bauch zuckte.

»Ist's okay, wenn ich mir einen runterhole?« Er wartete nicht auf Antwort. Er spuckte sich in die Hand und rieb an seiner Vorhaut, bevor er mit den Händen über den Schaft strich, daß seine Eier auf dem Sitz hüpften.

»Komm, wir holen deinen auch raus.« Er öffnete mir die Hose und zerrte meinen Schwanz heraus. »Toll. Laß mich mal probieren.«

Bevor ich ihn aufhalten konnte, war er unters Steuer geschlüpft und hatte meinen Schwanz im Mund. Er machte sich darüber her und saugte die Eichel in die Kehle.

Ich ertrug es nicht länger. Ich entdeckte eine Landstraße und bog ab, bevor wir einen Unfall bauten. Ich parkte das Auto in einem Obstgarten, vermutlich dem Überrest einer alten Siedlung. Ich stellte den Motor ab und lehnte mich in den Sitz zurück. Um es ihm bequemer zu machen, spreizte ich die Beine. Er lutschte fest, nahm meinen ganzen Schwanz in den Mund und leckte an der Eichel.

»Dreh dich um.« Er ließ meinen Schwanz los und zog an meinen Beinen. Er legte mich flach auf den Sitz und setzte sich mit den Knien um meinen Kopf auf mich.

Jetzt hatte ich seinen Schoß im Gesicht. Ich leckte an der Baumwolle seiner Shorts und genoß den Geschmack von salzigem Eierschweiß. Mit der Zunge leckte ich der Länge nach über seinen steifen Schwanz, während er mir die Eier mit Spucke einweichte.

Ich schob seine Hose weg. Seine Eier pendelten lang und schwer, und sein Schwanz klatschte mir ins Gesicht. Ich steckte ihm die Zunge unter die Vorhaut und schmeckte seine klebrig-süßen Lusttropfen.

Ich packte ihn am Arsch und versenkte mir seinen Schaft in die Kehle. Wir bliesen uns gegenseitig immer schneller mit gierigen Mündern und streckten die Zungen heraus, um uns die Eier zu lecken. Dann fand ich sein geiles Arschloch und rammte ihm einen Finger hinein, mit dem ich ihn hart und tief fickte. Bald reckte sich sein Schwanz in meinem Mund, und sein Arsch spannte sich eng um meinen Finger.

Mit einem erstickten Stöhnen klammerte er die Knie um meinen Kopf und rammte mir seinen Schwanz hinein, daß meine Nase an seine Eier klatschte. Er füllte mich mit seinem heißen Sperma ab und schoß es mir über die Zunge bis tief in die Kehle.

Ich spürte, wie es auch in mir hochkochte. Ich spritzte meine Säfte in ihn hinein, überflutete ihm Zunge und Mund. Etwas davon quoll an den Mundwinkeln heraus in meine Schamhaare.

Eine Weile lagen wir so und ließen unsere Schwänze sich in uns entleeren. Dann lösten wir uns langsam voneinander, setzten uns auf und wischten uns den Schweiß aus dem Gesicht.

»Hey, danke«, sagte er. »Das war echt nett.« Er zog sich wieder an und öffnete die Tür. »Ich muß jetzt echt los.«

»Wohin?« Ich setzte mich auf und faßte nach ihm.

»Nach Hause. Ich wohn da drüben.« Er deutete auf ein Farmhaus weiter hinten an der Straße.

»Aber Tulsa ...«

»Ich geh zum Highway, um zu cruisen. Ich tu nur so, als wollte ich trampen. Ein Mann, der hier durchfährt, langweilt sich gewöhnlich und ist fast zu allem bereit.« Er nahm seine Tasche an sich und ging davon.

DER CHAMPION

Brad Hughes ist ein guter Ringer; einer der besten, die die Universität je hatte. Ich habe ihn immer für nahezu vollkommen gehalten. Er stolzierte in meinen Anfängerkurs in Englisch wie ein Stier in erster Brunst, jung genug, um noch schön, alt genug, um männlich zu sein. Jetzt stand er vor einem Titelkampf, und ich war begierig darauf, ihn auf der Matte zu sehen.

Als ich in die Halle kam, stand er auf einer Seitentreppe, die ins Erdgeschoß zu den Umkleideräumen führte. »Professor Carter, Sir. Ich hab was für Sie.« Er drückte mir den weißen Umschlag in die Hand und war weg.

Ich setzte mich auf meinen Platz und öffnete mit zitternden Händen das Couvert. Was hatte er mir wohl zu sagen? Ich begann, zu lesen. »Ich hatte nie einen Vater. Ich suchte immer die Anerkennung älterer Männer und war bereit, mich ihrer Disziplin zu unterwerfen ...« Ich beobachtete ihn beim Aufwärmen und las weiter. »Ich fühle mich von Lehrern und Trainern angezogen, sehne mich aber auch nach Liebe und Wärme. Ich hoffe, bald einen Daddy zu finden. Ich bin sehr einsam.« Ich war perplex, erregt und verwundert. Da war ein Neunzehnjähriger, der mich bat, sein Daddy zu sein, ihn zu disziplinieren. Er musterte mich, während die Leichtgewichtler mit dem Kampf begannen. Ich las den Brief noch einmal. Als ich wieder zu Brad hinschaute, lächelte ich und nickte. Mit hochrotem Kopf lächelte er strahlend zurück.

Schließlich kam Brad an die Reihe. Innerhalb von wenigen Sekunden hatte er seinen Gegner an den Fußknöcheln gepackt, auf den Rücken geworfen und am Boden festgehalten. Brad sprang in die Luft, schwenkte die Arme über dem Kopf und bot seinen prächtigen Körper dar. Es war der letzte Kampf gewesen; die Menge zerstreute sich. Was sollte ich jetzt tun? Bevor ich aufstehen konnte, um zu gehen, sprang Brad die Treppe zu mir herauf.

»Mr. Carter, könnten wir uns eine Minute unterhalten?« All diese Muskeln, eingezwängt in dem engen Trikot!

»Du warst gut heute Abend ...mein Sohn.« Die Nähe zu ihm und sein schwerer, männlicher Duft machten mich scharf. Ich spürte, wie mein Schwanz steif wurde.

»Danke, Daddy.« Seine Stimme war weich und zitterte. »Schön, Sie zu sehen.« Er verlagerte sein Gewicht, indem er eine Hüfte herausstreckte und mir sein Paket entgegenstieß.

»Ich werd immer ganz scharf, wenn ich Ihre gemusterten Socken sehe, Sir. Heute abend, als Sie mich anlächelten, wußte ich, daß ich gewinne. Ich hab die Nadel für Sie erkämpft. Dank Ihnen bin ich jetzt Champion. Der jüngste Schwergewichtsmeister aller Zeiten.« Er rieb sich mit den Handflächen über den Bauch bis zwischen die Beine.

»Ich bin stolz auf dich, Kleiner.« Mein Ständer pochte. »Ich freue mich, daß du mein Junge sein willst.«

Er wurde rot im Gesicht, und sein Atem wurde schwerer. Unter dem dünnen Stoff seines Trikots zeichnete sich deutlich sein Ständer ab. Er spreizte die Beine und zupfte an seinen Eiern.

»Ich muß noch warten und abschließen. Da ich der Jüngste hier bin, bleibt die Scheißarbeit an mir hängen. Übrigens – sind Sie jetzt mein Dad?«

»Schon seit dem Tag, als wir uns quer durch den Klassenraum anschauten, während du Melville vorgelesen hast.« Ich hatte ihm zugehört, als er von Ishmael und den anderen Seeleuten erzählt hatte, und mir gewünscht, all das zu tun, was der verklemmte Melville versäumt hatte.

Inzwischen allein, setzten wir uns, nahezu keuchend. Er ließ sich tief in den Sitz sinken. Ich ließ die Hand auf seinen nackten Schenkel fallen; sein warmes Fleisch erregte mich, wie mich noch keine Haut je erregt hatte.

»Ich mag Sie, Professor Carter, Tom.« Er raunte es mir nahezu ins Ohr. »Ihren Körper, Ihr Gesicht, Ihren Verstand.« Er streichelte meinen Schwanz. »Manchmal im Unterricht schließe ich die Augen und stelle mir vor, Sie würden nur zu mir sprechen, nur, daß es Nacht ist, und Sie mich ins Bett gebracht haben.«

»Und ich dachte, du schläfst nur im Unterricht.«

»Nie. Sie hatten immer meine volle Aufmerksamkeit, Sir. Tragen Sie eigentlich immer Boxershorts?« Seine Frage haute mich um.

»Immer. Woher wußtest du das?«

»Daher, wie Ihr Schwanz schlenkert. Und einmal hab ich den Bund über der Hose gesehen. Ich dachte, ich würd auf der Stelle kommen.«

»Hey, Brad«, rief eine Stimme aus Richtung der Umkleideräume. »Hier sind alle weg. Du bist jetzt allein.«

Brads Augen funkelten mit einem Leben und einer Verschmitztheit, die einem den Atem raubten.

»Okay«, rief er und stand auf. »Jetzt sind nur noch Sie und ich da.« Er drehte sich um und faßte mir ans Kinn. »Sogar der Hausmeister ist weg. Wir haben die Halle ganz für uns.

Ein Geschenk vom Trainer und dem Rest der Mannschaft. Sie wußten von Ihnen, und als ich dann gewann ...«

Er ging auf die Matte zu, wobei sein Arsch bei jedem Schritt hin und her schwankte. Ich hatte noch nie einen schöneren Arsch gesehen. Er ging von der schmalen Hüfte aus in riesige Hügel über, die sein Trikot perfekt ausfüllten.

»Wollen Sie mich ficken?« fragte er, als wir zur Matte gekommen waren. »Ihnen gefällt mein Hintern, stimmt's?«

»Ja! Und wie! Und jetzt gehört er Daddy.« Ich runzelte die Stirn, während ich mir den Gürtel aus der Hose zog. »Aber meinen Schwanz kriegst du nicht, noch nicht.«

»Gut.« Er beäugte meinen Gürtel. »Genau das brauch ich.«

»Beug dich vornüber und halt dich an den Knöcheln fest. Und es ist besser für dich, wenn ich keinen Laut höre.«

»Ja, Sir.«

Er gehorchte, sein Arsch ragte in die Luft, und seine Hände waren fest um seine hohen Ringerschuhe geschlossen. Ich zog den Gürtel zurück und ließ ihn durch die Luft zischen. Seine Arschbacken verkrampften sich, als das Leder ihn traf. Ich holte wieder aus. Seine Backen zuckten erneut zusammen. Ich versetzte ihm einen dritten Schlag.

»Du denkst, ich soll dich ermahnen, ein braver Junge zu sein?«

»Ja, Sir. Ich werd brav sein. Danke, daß Sie mir den Arsch anheizen, Dad.«

Das Gerede machte mich schärfer als es die Schläge getan hatten. »Bleib vornübergebeugt, Junge. Leg die Hände auf den Rücken.«

Er kreuzte die Hände auf dem unteren Rücken. Rasch fesselte ich sie ihm in dieser Position mit dem Gürtel, den ich locker genug ließ, um die kräftigen, rauhen Hände meines Jungen nicht zu verletzen.

Mit einem leichten Schubs gegen seine Knie stieß ich ihn auf den Bauch. »Lieg still, Baby. Daddy hat noch mehr für dich.«

»Oh, ja, Daddy. Spiel mit mir.« Er stöhnte und seufzte. Die gewaltige Masse des großen Jungen zitterte und bebte – ich mußte ihn haben.

»Du magst meine Socken, Kleiner?«

»Ganz besonders«, nickte er, »wenn sie verschwitzt sind.«

»Und ob, richtig verschwitzt. Die riechen wie die Füße deines Alten.«

Ich schnickte einen meiner Schuhe weg, zog die Socke aus und knüllte sie zu einer Kugel. »Mach den Mund auf. Hier hast du meine Socke.« Ich schob sie ihm in den Mund. »Gefällt's dir?«

Brad stöhnte und nickte mit dem Kopf.

Ich wandte mich wieder seinem Arsch zu und schob ihm die Beine seiner Shorts nach oben, um die saftigen Backen freizulegen. Drei rote Striemen zogen sich über seinen Hintern. Ich zwickte in eine Backe. Er hob die Hüften an, um meiner Hand entgegenzukommen. Ich klatschte ihm auf das nackte Fleisch.

»Daddy versohlt dich, weil du ein braver Junge bist und weil du daran denken sollst, brav zu bleiben. Richtig?« Ich versohlte ihn energisch, bis seine Backen im gleichen Rot glühten wie sein scharlachrotes Trikot.

Nach zehn Hieben drehte ich ihn auf den Rücken. Über seine Wangen strömten die Tränen. Ich beugte mich hinunter und nahm ihm die Socke weg. Ich küßte ihn auf den Mund und bewegte meine Lippen über seine Wangen, um das Salz seiner Tränen zu schmecken.

Er lächelte zu mir auf. »Davon habe ich immer geträumt, und jetzt ist es wahr. Du hast's getan, Daddy.«

Ich saß neben ihm, streichelte seine Brust und sah an seinem Oberkörper hinunter. Seine Eichel lugte aus seiner Shorts und tippte in eine Pfütze aus Sperma auf seinem Hüftknochen.

»Ich hoffe, du bist nicht sauer, aber ich hab abgespritzt, als du mich versohlt hast. Ich versuchte, es aufzuhalten, aber deine Hand hat auf meinem Arsch gebrannt, bis ... es war toll!«

Er schüttelte sich die Tränen aus den Augen. »Ich möchte, daß du auch kommst. Darf ich deinen Schwanz lutschen?«

Ich hakte die Finger unter die Träger seines Trikots, zog ihn langsam an mich und band ihm die Hände los. Ich zog meinen Reißverschluß auf und schob die Hose hinunter.

»Schluck meinen Schwanz, Junge.«

Auf Händen und Knien kroch er auf mich zu. Er öffnete den Schlitz meiner blauen Boxershorts und machte sich mit gieriger Zunge über meinen Schwengel her. Stöhnend schluckte er den gesamten Schaft, dessen Spitze sich an seinen Gaumen schmiegte. Sein Kopf hüpfte auf und ab, und seine Zähne schabten zärtlich an dem prallen Fleisch meiner zuckenden Manneszierde.

»Und jetzt her mit deinem Hintern«, sagte ich mit einem Blick über seine mächtigen, muskelbepackten Schultern auf seinen Arsch. Ich war wie besessen von diesem Arsch! »Ich will ihn haben!«

Er fuhr herum und bot mir sein Gesäßbacken dar. Ich schloß sie in meine Handflächen. Er stöhnte leise und rieb sie mir ins Gesicht.

Dann sah ich das Loch, einen kleinen Riß im Trikot, wo die Beine in den Rumpf übergingen. Ich schob einen Daumen hinein und riß die Naht weit auf.

Sein Arschloch war von ein paar wenigen seidigen Härchen umgeben. Ich steckte die Zunge in die warme, würzige Finsternis. Er quiekte schrill und ungeduldig auf. Ich preßte ihm die Zunge ins runzlige Arschloch, das heiß und gierig zuckte. Der Schließmuskel lockerte sich und gab nach. Ich rollte die Zunge zu einem harten, bohrenden Zylinder zusammen und drang in ihn ein.

»Steck mir die Zunge in den Arsch. Tut das gut – so gut.« Er beugte sich nach vorn, indem er den Rücken krümmte und sich mit den Ellbogen auf der Matte abstützte.

»Leck den Arsch deines kleinen Jungen aus«, sagte er und klammerte seine Beine fester um meinen Kopf. »Mach ihn naß. Spuck mir aufs Loch.« Er spreizte die Backen. »Schlabber an meinem Arschloch, und dann fick mich.«

Ich erhob mich und ersetzte meine Zunge durch meinen Schwanz. Als die Eichel sein Loch berührte, grunzte er durch die zusammengebissenen Zähne. »Oh, mach schnell – fick mich! Steck mir deinen Schwanz tief ins Arschloch. Ich brauch's. Bitte, Daddy!«

»So ist's recht – bettel drum. Sag ›Bitte, Papa‹«, forderte ich.

»Bitte, Papa. Fick mich, bis du in mir abspritzt. Papa.«

Ich drang in ihn ein und versenkte meinen Schwanz in seinen Eingeweiden. Sein Arschloch umhüllte mich mit weicher, zärtlicher Wärme. Er wußte, wie es war, gefickt zu werden, und liebte – verehrte fast – das Gefühl, einen Mann in sich zu haben.

»Fick mich hart. Schnell. Mach deinen Jungen zum Mann. Sei mein Lehrer.«

Ich gab ihm meinen ganzen Schwanz zu spüren, dessen Eichel in seinen weichen, willigen Kanal hämmerte. Er bäumte sich auf und preßte sich noch enger an mich. In einer einzigen, unglaublichen Bewegung wirbelte er unter mir herum, daß er mit in die Luft gestreckten Beinen auf dem Rücken lag. Er schlang die kräftigen Beine fest um meine Hüfte und zog mich nach vorn in seine Arme.

Unsere Münder trafen zusammen, und unter heißen, stoßweisen Atemzügen wanden sich unsere Zungen ineinander. Er stöhnte und seufzte unter mir, seine Hüften klatschten an meine Lenden und molken meinen Schwanz. Seine Beine waren weit gespreizt, sein Arsch bohrte sich gegen mich, und sein pralles Paket wollte schier platzen.

»Wichs dich«, forderte ich in meinem schärfsten Befehlston. »Sofort. Mach schnell. Ich will, daß du noch mal kommst.«

Seine Hände fuhren zwischen seine Beine und faßten nach seinem fetten Schwengel, der schon mit klaren, klebrigen Lusttropfen bedeckt war, die ihm auf die Schenkel tropften. Er umfaßte seine Eier. Ich packte ihn an den Knöcheln und spreizte ihm die Beine, um mir den besten Zugang zu seinem Arsch zu verschaffen. Ich ritt ihn und genoß den Anblick der Trance, in der er seinen steifen Pfahl und seine schlaffen Eier bearbeitete.

»Fick mich«, wisperte er. Ein Kleine-Jungen-Betteln trat in seine Stimme. »Komm in mir, Papa. Ich war ein braver Bub.« Mit zusammengepreßten Lidern warf er den Kopf zurück. Er bäumte sich noch heftiger unter mir auf im Bemühen, meinen Stößen entgegenzukommen.

»Ich spritz in deinen Arsch ab, mein hübscher Junge«, verriet ich ihm, als sich meine kochenden Säfte in seine Eingeweide ergossen. »Nimm's wie ein Mann, Baby. Daddys süße Sahne.« Schwall auf Schwall schoß in seinen zuckenden Arsch.

Brad bearbeitete seinen Schwanz schneller und zerrte an seinen Eiern. Er stemmte sich auf die Schultern und krümmte den Rücken. Seine Hand verschwamm über seinem Schwanz. Die Sehnen an seinem Hals standen hervor, und alle Muskeln in seinen Schultern und seiner Brust verkrampften sich zu harten Knoten.

Seine Arschmuskeln klammerten sich um meinen Schwanz. »Es ist soweit. Beweg dich nicht. Ich will, daß es perfekt wird, Dad.« Seine kraftvollen Beine zerquetschten mir die Hüfte, und seine Füße hämmerten gegen meinen Rücken. »Es kommt! Ich spritz ab!«

Ich rutschte nach unten und schloß den Mund über seinem Schwanz. Ich fing den ersten Spermabatzen ab und behielt ihn im Mund. Ich ließ Brads Saft sich in meinem Mund sammeln, genoß ihn, wollte mehr. Schließlich quoll der letzte Tropfen über meine Lippen, während ich seinen Schwengel trockenlegte.

»Küß mich, Daddy«, flüsterte er wieder. »Steck mir mein Sperma wieder rein.«

Ich küßte ihn und fütterte ihn mit seinem Samen. Er klammerte sich an mich, zog mich, unsere Münder aufeinandergeschweißt, fest zu sich herunter. Er strich mit den Fingern durch mein Haar und drehte meinen Kopf, um mir direkt in die Augen zu blicken.

»Verlaß mich nicht«, bettelte er mit Tränen in den Augen. »Ich brauch dich. Ehrlich.«

»Ich verlaß dich nicht«, beruhigte ich ihn. »Ich bin ja bei dir«, sagte ich, während mein Schwanz in ihm zuckte.

»Ich hab ernst gemeint, was in dem Brief stand. Nicht einfach nur, um gefickt zu werden. Ich bin einsam. Ich brauch einen Mann wie dich. Ich glaube, ich bin verliebt. In dich, nicht nur in eine Vaterphantasie.«

»Gut!« Ein Lächeln machte sich auf meinem Gesicht breit. »Ich mag dich. Und ich würde gern sehen, ob wir uns lieben. Jetzt, wo die Saison vorbei ist, hast du mehr Zeit.«

»Die Saison ist nicht vorbei«, verbesserte er mich. »Ich muß noch zu den nationalen Wettkämpfen. ... Aber ich find schon Zeit, dich irgendwo reinzuquetschen. Laß uns jetzt duschen. Und in der Dusche ficken und im Umkleideraum und ...«

All das taten wir und noch mehr. Und wir tun es immer noch. Natürlich trainiert er hart – Gewichtheben, Laufen, Üben, zur Vorbereitung auf die Olympiade.

Inzwischen habe ich eine ganze Schublade voll mit Boxershorts und karierten Socken in allen Farben und Schattierungen. Und er hat schon einige Trikots ruiniert – sein atemberaubender Arsch scheuert immer wieder die Nähte durch. Aber ich beklage mich nicht – ich geb nur an.

WEICH WIE SEIDE

In einem Second Hand Laden im Vieux Carré in New Orleans, in dem ich nach gebrauchten Klamotten stöberte, fand ich ein einziges Kleidungsstück, das etwas Besonderes war; ein perfektes seidenes Nachthemd mit auserlesenem Spitzen- und Perlenbesatz. Was für ein Mann mochte das getragen haben? Aber es war kaum getragen – fast wie neu – und es war halb geschenkt.

Während ich in dem Laden war, hatte es angefangen, zu nieseln, und als ich wieder in meinem Zimmer war, hatte sich der Himmel verdunkelt, und es regnete in Strömen.

Ich ging durch die Diele der Pension, die einst eine Privatwohnung gewesen war, auf mein Zimmer über dem Hof, einst Teil der Sklavenunterkünfte. Ich legte das Hemd aufs Bett, bewunderte die Kunstfertigkeit und zog mir die nassen Klamotten aus. Dann ging ich ins Bad, um mich zu duschen und zu rasieren. Von irgendwo her drang langsam und gefühlvoll schwermütiger Jazz herein.

Meine Haare abtrocknend trat ich aus dem Badezimmer ... Süß und überwältigend traf mich das im Viertel allgegenwärtige Aroma – ich nannte es ›Voodoo‹. Und die Kerzen. Hatte sie jemand in die Halter gesteckt und angezündet, während ich unter der Dusche war? Fette Heiligenkerzen, lange schlanke, phallische, in sämtlichen Farben, deren Schatten durch den Raum und auf den Möbeln tanzten.

In ihrem weichen Schein sah ich jemanden auf dem Bett – jung und androgyn, mit schulterlangen, dicht gelockten Haaren. Er trug mein Nachthemd, es stand offen und ließ seine feste, unbehaarte Brust erkennen, eindeutig männlich, aber bleich, fast transparent. Eindeutig zu jung und zu unbehaart für meinen Geschmack. Aber vollkommen wie eine zerbrechliche Jungfrau von Botticelli. Oder eher wie ein unschuldiger, obgleich dekadenter, und recht schlauer, Prä-Raffaelit.

»Ich habe überall danach gesucht«, rief er und streckte die Arme über den Kopf. »Ich hätte es wissen müssen, mein lieber Zephaniah.« Er fuhr mit den Händen über seinen Leib, faßte sich in den Schritt und hob die Hüften vom Bett. »Oh, ich liebe dieses Hemd immer noch, so weich, so bequem. Und dein Leib, Robert, ist recht ansehnlich, recht fest und muskulös, und dein Schnurrbart ...« Seine blassblauen Augen glänzten im Kerzenlicht, als er mit der Zunge über seinen Schmollmund fuhr.

Er war recht hübsch, knackig und verlockend steckte er in der anschmiegsamen Seide. Er erhob sich vom Bett und trat auf mich zu, den Stoff eng um seine Genitalien geschlossen.

»Mein Gott!« flüsterte ich. »Es sieht phantastisch an dir aus. Die Spitzen und deine Haut, fast die gleiche Farbe. Und deine Sommersprossen ...«

»Ja – du liebst meine Sommersprossen, nicht wahr?« Und ich bin von oben bis unten voll mit Sommersprossen, weißt du noch?« Er streichelte sich durch das Nachthemd, fuhr mit den Händen von seiner Brust bis hinunter zu seinem verräterischen Ständer und dann über seinen Arsch. Langsam wandte er mir den Hintern schwenkend den Rücken zu. »Steht es mir nicht gut, Zeph?« Er beugte sich über die Bettlade und wackelte mit gespreizten Beinen mit dem Hintern.

»Wer bist du?« Ich trat näher, steckte die Hände unter das Hemd und zog es nach oben, um seinen ganzen Arsch freizulegen. Ich preßte meinen zuckenden Schwanz an seinen kühlen, bettelnden Hintern. »Wie bist du hier reingekommen?« Ich küßte ihn in den Nacken.

»Aber – ich bin doch William.« Den Arsch an meinen Schwanz gedrückt, stützte er sich mit den Händen ab. »Ah, steif und bereit für meinen enges Hinterteil.« Er beugte sich vor und kroch von mir weg. »Du und ich, wir waren Liebhaber zu einer anderen Zeit. In einem anderen Leben.«

»Willst du mir etwa weismachen, du wärst ein Geist?«

»Doch nicht so etwas Simples.«

»Bist du ein Engel?«

»Nicht ganz, aber du kannst mich so nennen – für unsere augenblicklichen Zwecke. Du und ich, wir müssen unsere lang zurückliegende Liebesbeziehung abschließen. Wenn nicht, werden wir viele Jahre lang, in künftigen Leben, zu leiden haben.«

Er lehnte sich jetzt an das hohe Kopfende. »Liebster, die Worte machen mich erröten, aber um die Sprache deiner Zeitgenossen in dieser höchst dekadenten, freigeistigen Epoche zu benutzen, du und ich, wir müssen ... ficken.«

Wer, zum Teufel, war das eigentlich? Wahrscheinlich ein billiger kleiner Stricher, der es darauf abgesehen hatte, mich zu berauben und zu ermorden. Aber er war so rein, so schön! Und ich empfand zärtliche Gefühle ihm gegenüber. Er verführte mich, und ich wollte es.

»Ich will dir nur Gutes, mein Geliebter.« Er streckte seine zierliche Hand aus. »Ich stelle keine Gefahr dar. Die Jahre haben dein Gedächtnis verschleiert, Zephaniah. Oh! Könntest du dich nur erinnern.«

Ein zuckender Blitz schuf einen Augenblick taghellen Glanzes im Zimmer, in dem sein Haar in einem goldenen Hof aufleuchtete. Er hielt den Saum seines Nachthemds (meines Nachthemds!) über der Wurzel seines Schwengels, dessen Eichel hart über der spärlichen Schambehaarung zuckte. Sein Penis, groß wie der eines erwachsenen Mannes, war völlig steif.

Er warf den Kopf zurück und breitete seine Locken über die Kissen. In dem Nachthemd, das über seinen harten Brustwarzen offenstand und hochgerafft war, um den Blick auf seinen Schwanz und das glatte Arschloch freizugeben, lag er da, spreizte die Beine und flehte mich an.

»Robert«, rief er mich beim Namen. »Du bist zu zurückhaltend. Bitte denk jetzt nicht an uns, sondern an William und Zephaniah, als sie sich zum erstenmal trafen. Du brauchst dich nicht zu schämen, Ich bin sehr alt.«

Ich überschüttete ihn mit Küssen, begann mit seiner bleichen, flachen und glatten, zerbrechlichen Brust, leckte über seinen langen, schmalen Hals bis zu seinen blühenden roten Lippen. Er öffnete mir seine Lippen, um mich buchstäblich einzuatmen. Er schmeckte nach Zimt und Rosen. Er stöhnte, packte mich am Arsch und bohrte mir seinen Schwanz entgegen.

»Jetzt!« Er schob meinen Kopf zwischen seine Beine. »Mach schnell! Ich brauche dich, Zephaniah!«

Ich vergrub das Gesicht im fein-männlichen Aroma seiner Lenden – der Duft machte mich schwindlig. Er war das erotischste Wesen, dem ich je begegnet war. Was soll's, dachte ich, während ich die Zunge um seine Eier kreisen ließ; egal, wer er war oder warum er hier war, ich wußte, daß ich ihn mehr begehrte als ich je einen Mann begehrt hatte.

Ich schluckte gierig seinen Schwanz, genoß die Süße seiner Vorhaut, steckte die Zunge darunter, um die Lusttropfen aufzulecken. Ich saugte an seinem Schwengel, der weich und zart war und doch fest und tief zustieß. Der Junge wußte, was er wollte.

»Oh, Zeph!« Er kicherte. »Ich habe lange von diesem Augenblick geträumt. Selbst als wir noch zusammen waren, wagtest du es nie, so stürmisch und kühn zu sein. Lieber Gott, welche Gefühle!«

Wollte er etwa die ganze Zeit beim Sex weiterquatschen? Es gab nur einen Weg, um ihn zum Schweigen zu bringen.

Ich setzte mich auf ihn, rutschte über seinen Oberleib und zog seinen Kopf zwischen meine Beine. »Lutsch mir den Schwanz, Kleiner. Süßer William, ich liebe dich. Bitte, mein zartes Täubchen, willfahre mir.«

Verdammt! Jetzt redete ich schon wie er. Zartes Täubchen?

Er grub seine Fingernägel in meine Hinterbacken und schluckte meinen Schwanz bis zur Wurzel. Für ein Gespenst war er eindeutig überzeugend und stopfte sich meinen Schwanz und die Eier – gleichzeitig! – ordentlich in den Mund. Er saugte sich meine Manneszierde tief in die Kehle, bis ich glaubte, er würde mir die Eier ausreißen. Aber dann gab er nach und begnügte sich damit, an der Eichel zu lutschen und den Schaft abzulecken.

Ich überließ mich seinen unglaublichen Mund- und Halsmuskeln und stieß selbstvergessen in ihn hinein. Mein Schwanz und sein Mund stimmten sich auf einen erregenden, stetigen Rhythmus ein ...

In unserer elegantesten Abendgarderobe befanden wir uns in einem Ballsaal und schockierten die Gesellschaft, als wir eng umschlungen miteinander tanzten; unsere männlichen Körper ergänzten sich aufs Vollkommenste, während wir uns wiegten und drehten. William war der anmutigste, hingebungsvollste Tänzer. Und er hielt mein Herz so fest in Händen, wie ich seine schmale Hüfte umfangen hielt.

Die Kronleuchter breiteten strahlendes Licht über uns, als wir Runde um Runde durch den Saal tanzten, bis wir schließlich in die eisige Denvernacht hinaustraten.

»Oh, Zephaniah, du hast alle Gebote von Gesellschaft und Kirche übertreten.«

»Aber mein Liebster, diese Gebote verblassen vor den Geboten des Herzens, den Geboten des Himmels. Ich werde dich immer lieben. In alle Ewigkeit.« Ich schmiegte seinen Kopf an meine Brust und küßte ihn auf die glatte Stirn ...

»Oh, ja, mach's mir mit dem Mund, Kleiner«, sagte ich. »Verdammt! Lutsch mir die Eier!« Ich dirigierte seinen Mund zu meinen Eiern und spürte seine Zunge am Hodensack. Ich umklammerte seinen Kopf mit den Schenkeln, und sein Mund kreiste um meine Eier, während ich wichste und ihm meinen Schwanz gegen die Nase klatschte.

»Mmmmmh!« Er bearbeitete sich selbst zwischen den Beinen, indem er mit der einen Hand seine bepelzten, prallen Eier umfaßte und sich mit der anderen fieberhaft wichste.

Stückweise arbeitete ich mich an seinem Leib abwärts. Ich legte ihm die Hand um den Schwanz, schob meine Finger unter seine Vorhaut und steckte ihm einen anderen in sein enges Arschloch.

»Oh, Willie!« stöhnte ich. »Ich muß diesen Arsch haben. Diesen vollkommenen, glatten Porzellanarsch!«

Ein lauter Donnerschlag erschütterte das Zimmer, und vor Schreck ließ ich seinen Schwanz fahren.

»Scheiße«, sagte ich. »Das hat mir Angst gemacht.«

»Hab keine Angst, Zeph. Wir haben schon schlimmere Stürme überstanden«, sagte er, und sein Schließmuskel spannte sich enger um meinen Finger.

Ich schmierte mir Gleitcreme auf den Schwanz und riß die Packung mit dem Gummi auf, den ich mir über meinen zuckenden Ständer zog-

»Dummerchen! Zephaniah! Das brauchst du nicht«, kicherte er. »Ich bin schon ein ganzes Jahrhundert tot. Mir kann keine tödliche Krankheit etwas anhaben.« Sein Gelächter klang wie das zerbrechliche, wehmütige Geräusch zersplitternden Kristalls.

Ich warf das Kondom zu Boden und drückte ihm die Beine nach oben und weit auseinander. Dann ließ ich meinen Schwanz in seinen unbehaarten, engen Arsch gleiten.

»Oh, Zeph!« japste er, als ich in ihn eindrang. »Du weißt, das ist unsere letzte Begegnung. Für immer. Und doch bin ich nicht traurig. Denn ich weiß, daß ein Besserer dich erwartet.«

»Ein Besserer?« Ich packte ihn an den winzigen Fußknöcheln. »Aber William, ich habe nie einen Besseren als dich kennengelernt. Ich erinnere mich an alles.«

»Noch nicht, Robert.« Er hob sich meinen Stößen entgegen. »Nicht an alles.« Er schlang mir die Beine fest um die Hüften, und sein Arschloch nahm meinen Schwanz der gesamten Länge nach auf. »Ja! Ja! Endlich sind wir zusammen und teilen unsere Leidenschaft und unsere Liebe.«

»Ja!« keuchte ich und rammte meinen Schwengel in seinen zuckenden Hintern. »Leidenschaft und Liebe.«

»Oh! Zeph – Robert. Tiefer, ganz in mich hinein. Wir dürfen das nie vergessen. Und, wie traurig, wie unglücklich, du mußt dich an alles erinnern. Alles ...«

Im Schatten der Petroleumlampe lagen William und ich auf der Gänsefedermatratze, und durch das offene Fenster strömte stark und warm der Duft von Jasmin. Wir waren nach der Pockenepidemie in den Süden gekommen, sein Gesicht war entsetzlich entstellt, aber wir waren beide am Leben. Anfangs hatte er sich für seine Narben geschämt und wollte mich verlassen.

»Mein geliebter Zephaniah«, hatte er gesagt. »Ich darf nicht erwarten, daß du mich liebst. Ich bin häßlich, aufs Äußerste abstoßend. Bitte, fühle dich nicht verpflichtet, bei mir zu bleiben.«

Ich nahm ihn in die Arme. »William, du bist nicht weniger schön, als am ersten Tag als wir uns sahen. Du bist meine Liebe, mein Schicksal. Denke nicht an Trennung.«

Umarmt lagen wir im Bett; sein Fleisch erregte mich, sein Atem war der reine Atem des Lebens. Er streckte die Glieder und ergab sich meinen liebevollen Avancen in unserem aus schwerer Eiche und Mahagoni gefertigtem Ehebett ...

Mein steifer Schwanz traf auf Grund, glitt tief in seine Gedärme. Ich wollte diesen Augenblick, diesen Mann. Ungeachtet seiner Beschaffenheit – Fleisch oder Traum oder Wahnbild – mußte ich ihn haben. Ich mußte ihn besitzen, mich von ihm in Besitz nehmen lassen.

Ich hob seine kleinen Arschbacken an und senkte den Kopf, meinen Schwanz in ihm und mein Mund über seinen Schwanz geschlossen. Ich saugte daran, schmeckte seine salzigen Säfte, nahm ihn bis zur Wurzel in mich auf – Narbengewebe, eine entsetzliche, schwärende Wunde seitlich am Schaft, die Haut auf seinem Bauch und an der Innenseite der Schenkel voller Schorf. Ich hob den Kopf.

»Du beginnst jetzt, dich zu erinnern, Robert. Willst du dich an alles erinnern?«

Sein Arsch verkrampfte sich über meine Eichel und brachte mich an die Schwelle zum Orgasmus. In meinen Eiern spürte ich die Begierde, mich in ihn zu ergießen, die langsam bis zu meiner Schwanzwurzel vordrang-

Plötzlich erfüllte erstickender schwarzer Qualm die Luft, beraubte sie des Sauerstoffs, die Kerzen flackerten, ein heller Blitz, ein Feuer, das Rattern von Feuerwehrkutschen, wiehernde Pferde inmitten des Feuers.

»Zeph! Hör nicht auf! Wir müssen diesmal zum Ende kommen – zeig, daß Pierre unrecht hatte, hebe den Fluch auf.« Er stieß mir seine Hüften entgegen und trieb meinen Bolzen bis zum Anschlag in seinen Hintern. Und er preßte heftig mein Gesicht in seinen Schoß, den Schwanz tief in meiner Kehle und die Hände hinter meinem Kopf verschlossen.

»Hilf mir, Zeph! Wir müssen uns sputen. Eile deinem kleinen Tod entgegen und laß mich meine Säfte in deine lebende Hülle ergießen! Hilf mir!«

Ich versuchte, freizukommen, dem Feuer und dem Rauch zu entfliehen, aber seine Arme und Beine waren fest um mich geschlungen. Er pumpte in mich hinein, sein Arsch molk meinen Samen heraus. Ich rammte mich in ihn hinein, rasch und hart und tief.

»Ja! Ja!« heulte er und bohrte seine Nägel in mein Fleisch. »Oh, Zephaniah, mehr, gib mir alles, mein süßes Herz. Für immer, mein Geliebter. Für immer. Nie mehr getrennt ...« Er schrie, zog mich an sich, trommelte mit den Hacken auf meinen Rücken.

Draußen Stimmen, Schreien und Rufen, Laute von Pferdehufen und Glockenläuten. Ich versuchte, aufzustehen, versuchte, ihn zur Tür zu tragen ...

Mein Keuchen kam schwer und stoßweise, ich konnte nicht atmen. Ich begann, das Bewußtsein zu verlieren. Mein Kopf dröhnte. Die unerträgliche Hitze! Das Zimmer war erfüllt von Rauch, die Vorhänge brannten, das Feuer breitete sich zum Bett aus.

Ich hielt William an mich, während die letzten Tropfen aus uns quollen, kämpfte gegen den Rauch und das Feuer an, die an uns leckten.

Ihn an meine Brust gepreßt, taumelte ich durchs Zimmer, flüchtete zur Tür und brach sie auf, stürzte ins Freie – und stand nackt im Hof beim Fischteich, im Arm das Nachthemd.

Alles war still, bis auf die Musik aus der Ferne. Rasch trat ich zurück in mein Zimmer, das ebenfalls leer und still war. Die Kerzen waren alle ausgelöscht, und von ihren Dochten stiegen träge Rauchfäden in die Luft.

Ich preßte das Hemd ans Gesicht, um den flüchtigen Duft einzusaugen, den mein Freund darauf zurückgelassen hatte. Mein Schwanz war immer noch steif und sehnte sich nach seinen Lippen, seiner Liebe.

»William«, rief ich. Ich schaute im Zimmer nach, im Schrank, im Bad. Unter dem Bett. Er war so schnell verschwunden, wie er erschienen war. Mein geliebter William!

Ein schwaches Klopfen. Ich schaute nach draußen. William kauerte auf einer schmalen Brüstung. »Denke daran: ein Besserer.« Und dann war er weg.

Ich setzte mich aufs Bett, beklagte meinen Verlust, während noch der süße Geschmack seines Spermas auf meiner Zunge hing. Der feuchte Fleck auf dem Laken – dort, wo mein Samen aus ihm herausgequollen war – glitzerte. Wir hatten unserer Liebe vollendet. Hatten die Schwuchteln in jener Zeit etwa nie Sex gehabt, immer nur Händchen gehalten und gemeinsam in einem Bett geschlafen? Würden wir nun Ruhe finden, wie er gesagt hatte?

Ich schlief ein und wachte erst auf, als das Morgenlicht durch die Fenster brach.

Ich ging zum Haupthaus und in die Diele, wo das Frühstück serviert wurde. Der Besitzer, ein ausnehmend hübscher Mann in Klamotten, die seine breiten Schultern betonten, brachte mir meinen Kaffee.

»Hi.« Er starrte mich eindringlich an. »Ich kenn dich von irgendwo her, stimmt's?«

»Nur, wenn du schon mal in New Mexico warst.«
»Glaub nicht, hm? Du kommst mir irgendwie so bekannt vor ...« Er ging in die Küche und ließ mich allein.

Als ich meinen Kaffee schlürfte, bemerkte ich es: ein Portrait in einem ovalen Rahmen, das an der gegenüberliegenden Wand hing. Auf dem Foto waren zwei Männer – einer davon mein William, der andere ein dunkler Mann mit wallendem Bart. Ich trat zu dem Bild, um die Gesichter zu studieren. Der Duft von Jasmin erfüllte den Raum.

»Das haben wir in einem der Zimmer gefunden«, sagte mein Hauswirt, der plötzlich neben mir stand. »Das, in dem du wohnst.« Er legte mir den Arm um die Hüfte. »Müssen mal irgendwann hier gewohnt haben. Vater und Sohn – oder was Besseres.«

INSPIRIERENDE LEIDENSCHAFT

Die Nachmittagssonne stand tief, als ich die vertraute Laufbahn der Highschool betrat, und die drückende Hitze und Feuchtigkeit hatten nicht nachgelassen. Rastlos und einsam war ich nach meinem ersten Collegejahr nach Hause gekommen. Meine kleine, ländliche Heimatstadt erdrückte mich; sie war geschrumpft in den Monaten seit den Weihnachtsferien, und alle, die ich kannte, erschienen mir plötzlich hohl und stumpf. Ich sehnte mich jetzt schon nach der Uni zurück.

Mein Unterhemd und meine Shorts klebten an mir, an den Schläfen strömte mir der Schweiß herunter und tropfte vom Kinn. Bei jedem neuen Schritt brannten mir die Beine. Ich schnappte nach Luft, fühlte mich benommen und desorientiert. Der Läuferrausch – der Verstand bis auf das eigene Körpergefühl fast vollkommen entleert. Ich war mir meines Körpers deutlich bewußt und meiner Sehnsucht nach den Armen eines Mannes.

Ich glaubte, ich sei alleine auf der Aschenbahn, aber jemand kam auf mich zugerannt. Wir rannten als einzige, nur wir beide.

Ich erkannte den anderen Mann sofort wieder – seine

schwankenden Hüften, die hoch und breit gehaltenen Ellbogen. Trainer Woods. Er war anders als die anderen Trainer. Er war hochintelligent, Leiter der Matheabteilung. Und ich wußte, wie sehr er mich mochte; ich war immer sein Liebling gewesen.

Er war fast fünfzig, aber immer noch muskulös und stramm, mit dichten graumelierten Haaren und stahlblauen Augen. Mit seinem breiten Kiefer, den hohen Wangenknochen und der breiten Nase war er recht hübsch und sehr sexy. Ich hatte oft von ihm und seiner strengen, aber gerechten Art geträumt. Vielleicht würde der Sommer ja doch nicht so übel werden.

Er entdeckte mich. »Jim! Du kleiner Mistkerl, wo, zum Teufel, hast du gesteckt? Ich dachte schon, du hättest das Gedächtnis verloren oder so was.« Schwanz und Eier hüpften schwer unter seiner verschwitzten Laufshorts aus Nylon, und der dünne Stoff betonte seine verlockenden, nahezu konkaven Hinterbacken. Sein unbeschnittener Schwanz ragte nach rechts, ganz in die Nähe seines Hosenbunds.

»Ich war mit Lernen beschäftigt«, sagte ich. Mein eigener Schwanz reckte sich. Ich konnte seinen Schweiß riechen, als er zu mir aufholte. »Ich hatte keine Möglichkeit, nach Hause zu kommen.«

»Klingt plausibel!« Er riß sich sein T-Shirt herunter und entblößte seine Brust, die mit einer Schicht seidiger Haare bedeckt war. Seine runden Brustmuskeln waren von braunen Brustwarzen geziert. Was für leckere Titten!

»Gehst du zum Sommerunterricht?« fragte er.

»Nein, Sir, ich arbeite diesen Sommer. Ich geh nicht vor August zurück.«

»Gut – dann haben wir vielleicht ein bißchen Zeit für einander. Ich hab mich schon gefragt, wo du steckst.« Auf seinem Gesicht erschien ein breites Lächeln, bei dem sich die

Fältchen um seine Augen zu Rillen vertieften, die leicht heller waren als sein braungebranntes Gesicht. Er hielt sich immer viel zu lange in der Sonne auf.

»Ich wollte gerade reingehen«, sagte er. »Hast du Lust, mit mir ins Schwimmbecken zu steigen?«

»Also ...« Ich fühlte mich in der Falle.

»Ich weiß, wie schüchtern du bist. Am ersten Tag – du hast verzweifelt versucht, dich im Umkleideraum zu verstecken.«

»Ich kam mir immer blöd vor, nackt vor allen anderen zu stehen.« Ich bekam einen roten Kopf.

»Heute werden wir beide ganz allein sein. Okay?«

»Klar. Fänd ich gut.« Gemeinsam gingen wir auf das alte, rote Backsteingebäude zu.

»Du bist ein bißchen kräftiger geworden, hm?«

»Ich hab Krafttraining gemacht und ein bißchen Fußball gespielt. Ich laufe immer noch, aber nicht mehr soviel wie früher. Ich bin kein richtiges Sportas.«

»Ich weiß. Bist nie ein besonders guter Läufer gewesen. Aber es hat dir Spaß gemacht – du hattest immer so einen Blick im Gesicht, sogar wenn du verloren hattest. Ich wollte, ich hätte mehr wie dich.«

»Wie mich?« stotterte ich, während ich ihm zum Umkleideraum folgte.

»Du hast die andern Jungs inspiriert und mich froh gemacht, Trainer zu sein. Wenn ich bloß mehr Jungs mit deiner Leidenschaft hätte ...«

»Leidenschaft?«

»Das Laufen war deine Leidenschaft. Alle dachten, ich sei ein Spinner, weil ich dich behalten habe. Aber bei Gott, ich wußte, daß ich mich auf dich verlassen kann. Beim Training, bei Wettkämpfen. Zudem hast du mich vergöttert, stimmt's?«

Er schaute mir mit bohrenden Blicken direkt ins Gesicht.

»Ja, Sir. Sie sind alles, was ich auch sein will.«

»Du weißt, daß ich das nicht gemeint habe.« Er schaute mir zwischen die Beine. »Du warst immer scharf auf mich.« Er hielt mir die Tür auf, als wir den dunklen Umkleideraum betraten.

»Woher wußten Sie das? Ich hab's nie jemandem erzählt, und ich hab versucht, es zu verstecken.«

»Das ist dir nicht besonders gut gelungen. Ich hab's immer gewußt.« Er zog sich Schuhe und Socken aus. »Die Wahrheit ist, ich war immer ein bißchen in dich verliebt. Aber ich habe mir vor Jahren geschworen, nie etwas mit einem Schüler anzufangen. Jetzt bist du nicht mehr mein Schüler.« Er legte mir die Hand auf die Wange.

»Oh, Trainer Woods!«, brachte ich nur noch heraus und schmiegte mich an seine Hand.

»Nein!« knurrte er. »Nenn mich nicht mehr ›Trainer‹. Ich bin Alex. Okay?«

»Okay – Alex.«

»So wolltest du es doch, oder?«

»Oh, ja! Natürlich.«

»Ich hab lange darüber nachgedacht.« Er schubste mich gegen eine Reihe von Spinden.

»Ich auch.« Ich nahm sein Kinn in die Hände.

Er beugte sich zu meinem Mund und küßte mich fest, wobei seine harten Stoppeln an meinem Gesicht scheuerten und seine Zunge über meine Lippen leckte. Ich saugte seine Zunge tief in den Mund ein.

»Was für ein wunderschöner Mund!« Er trat zurück; seine Eichel lugte aus dem Bein seiner Shorts. Von dicker Vorhaut fast vollständig eingehüllt, tröpfelten Lusttropfen aus dem Fleischbrocken, und mit klaffendem Pißloch schlüpfte die Eichel heraus. Ich fing einen Tropfen seines Safts auf und leckte ihn mir von der Fingerspitze.

»Raus aus den verdammten Klamotten!« befahl er mir, zog

mir das Unterhemd aus und zerrte an der Shorts. Er führte mich unter die Dusche. »Du hast versprochen, mit mir ins Becken zu steigen«, sagte er. Er griff nach oben, um die Dusche anzudrehen, und ließ seine dicke Achselbehaarung sehen.

»Hier, Mann«, sagte er. »Ich weiß, daß dir das gefällt. Das hast du immer gewollt.« Er stieß mich mit dem Gesicht in seine Achselhöhle, deren schwerer Duft mich überwältigte. »Du riechst doch gerne Männerschweiß, stimmt's?«

»Ja. Aber deiner ist der beste. Gott! Ich hab dich immer gern gerochen, wenn wir nach dem Training aus der Sonne kamen. Und das eine Mal, beim Landeswettkampf ...« Ich versenkte mein Gesicht in seinen Haaren, und das Aroma erfüllte mich, als ich ihm die Achselhöhle ausleckte und den ganzen Schweiß aus den Haaren saugte.

»Ja, Baby. Und jetzt die andere.« Er schob meinen Kopf unter seinen anderen Arm, und ich leckte, während mein Schwanz immer größer und steifer wurde. Sein anschwellender Bolzen federte mir gegen den Bauch. Er streichelte ihn, preßte die Eichel und zwirbelte die Vorhaut zwischen den Fingern.

»Verdammt!« Er stieß mich von sich. »Und jetzt laß mich an deine scharfen kleinen Nippel ran.« Sein Mund senkte sich wie eine Saugglocke über meine Brust, seine Zunge schlabberte an meinem Nippel, seine Hand legte sich um meine Titte. Er sank auf meine Brust, biß mir in die Brustwarze und zerrte mit den Schneidezähnen daran.

»Ja, lutsch meine Titten, Trainer. Kümmer dich um mich.«

»So ist's richtig, Kleiner.« Er zwickte meine Brustwarzen mit Daumen und Zeigefinger. »Das macht sie lang und hart.« Er zerrte an ihnen, drehte und rollte sie zwischen den Händen und vergrub seine Fingernägel in sie.

»An deinen Titten rumspielen.« Er legte eine Hand um meinen Schwanz. »Da zuckt dir der Schwengel, was?«

»Immer.«

Er quetschte meinen zuckenden Schwanz an der Wurzel und fuhr mit der Hand bis zur Eichel, rieb die Handfläche über die Spitze und zog die Vorhaut zurück, um die Eichel einzuseifen. »Du mußt dir mehr Zeit zur Pflege nehmen, wenn du unbeschnitten bist, Jim. Vorhäute sind was ganz besonderes«, sagte er. Er hielt locker meinen Schwengel und streichelte ihn der Länge nach mit den Fingern. In meinen Eiern kochten die Säfte hoch, und mein Schwanz wurde steifer.

»Ich will deinen dicken, steifen Schwanz«, sagte ich, wobei ich in die Knie ging, um an seinem langen, schlanken Schaft zu lecken und seine wundervoll behaarten Arschbacken zu umfassen. Unter meinen Händen zuckte und spannte sich sein Hintern, dessen Muskeln sich verkrampften, als er mich in den Mund vögelte. Sein Penis stand aufrecht an seinem Bauch, und die rot glänzende Eichel kam unter seiner Vorhaut zum Vorschein. Von seinem Schoß aus verlief eine dunkle, dicke Ader bis zum fetten Eichelrand.

Ich kroch zu seinem Arsch und rammte ihm meinen Schwengel zwischen die festen Muskelberge. »Oh, Alex, dein Arsch ist wundervoll.«

»Das ist das beste Teil, nicht wahr?« Er schlang mir seine kräftigen Beine um die Mitte und bockte meinen Stößen entgegen. Ich wurde von Wogen der Lust überschwemmt, als sein Arsch sich öffnete, um meinen Schwanz aufzunehmen und danach meinen Schaft fest zu umschließen, so daß ich mich nicht mehr regen konnte.

»Ich will dir in die Augen sehen«, sprach Alex leise und bestimmt. »Füll mich aus mit deinem Schwanz, und küß mich. Du machst mich ja so glücklich.«

»Hier hast du meinen Schwanz.« Ich versenkte meine Latte bis zum Anschlag in seinem gierigen Arsch. »Und hier meinen Kuß.« Ich rammte ihm die Zunge in den Mund und schmeckte seinen süßen und doch würzigen Atem.

Er stöhnte, die Hände um seinen schweren Schwanz und die Eier geschlossen. Ich packte seinen Schwengel, fingerte an der Vorhaut, dehnte sie und schob sie zurück, um die glatte Rundung seiner vor dicken Lusttropfen glitschigen Eichel zu spüren.

»Sei lieber vorsichtig«, kicherte er unter mir. »Das Ding geht sonst gleich los.«

»Gut! Wichs deinen Hammer – bring ihn zum Abspritzen.«

»Nein.« Seine Stimme war süß und weich wie Honig. »Ramm einfach deinen Schwanz in mich rein und spiel mit meiner Vorhaut. Dann kommt's von allein.« Sein Bolzen schwoll in meiner Hand an, und seine Eier pendelten wild, während ich zusah, wie meine Latte in seinen Arsch ein- und ausfuhr. Er kniff mir in die Brustwarzen und zwirbelte sie roh, während er sich aufbäumte, um meinen Stößen entgegenzukommen. Er klatschte mir auf die Brust und hob den Kopf, um an ihr zu kauen. Er versenkte die Zähne in mein Fleisch und zog mich noch tiefer in sich hinein.

»Ich spritz ab!« Er stützte sich auf die Ellbogen, um zuzusehen, wie ich ihn fickte. »Jetzt! Da kommt's!« Urplötzlich spuckte er los; die Eichel schwoll unter seiner Vorhaut an, und Samen ergoß sich über meine Brust und mein Gesicht. Sein geiles Arschloch zuckte, und umklammerte meinen Schwanz noch fester.

»Du kriegst mein ganzes Sperma in den geilen Arsch«, sagte ich ihm. »Hier hast du's.« Und ich schoß ab. Hinter meinen Augen explodierte ein Feuerwerk, als all die Jahre der Lust und der Begierde nach dem Mann unter mir herausbrachen, um ihn abzufüllen, meine Säfte in seinen engen Hintern zu ergießen.

»Gott!« keuchte ich. »Dein harter Mackerarsch um meinen Schwanz!« Ich zog meinen Schwengel zurück, bis nur noch die Spitze in ihm steckte.

»Nein, laß ihn drin!« befahl er mir, klatschte mir auf den Arsch und zog mich auf sich zurück. »Ich laß dich nie wieder los.«

»Wirst du aber müssen. Ich muß morgen zur Arbeit.«

»Bis morgen ist noch lange hin, Baby. Und bis du heute abend den Kopf aufs Kissen legst, bist du hundemüde.«

»Was meinst du damit?«

»Hast du Lust, das noch mal mit mir zu machen?«

»Natürlich, wieso nicht?«

»Du sagtest, du läufst immer noch.« Er leckte sich das Sperma von den Fingern.

»Bei weitem nicht genug.«

»Wenn du mich noch mal ficken willst, mußt du wieder anfangen, mehr zu laufen. Mit mir. Genau wie vorhin.«

»Du hast selbst gesagt, daß ich kein Läufer bin.« Ich faßte seine Hand, um neben ihm aufzustehen.

»Bist du auch nicht. Aber deine Leidenschaft ...Wenn du läufst und wenn du abspritzt, hast du den gleichen Blick im Gesicht. Und von diesem Blick kann ich nicht genug kriegen.«

Er griff nach der Seife, schäumte mir die Brust ein und ging dann mit den Händen tiefer, um meine zarten Eier in seinen festen, sicheren Griff zu nehmen. Ich reagierte auf seine Berührung, und meine Vorhaut gab den Weg frei, als meine Eichel unter ihrer Hülle hervorglitt.

»Hör auf damit!« rief ich und stieß seine Hände fort. »Wir verschwenden nur Zeit. Wenn du diesen Blick auf meinem Gesicht sehen willst, ziehen wir uns besser an und machen, daß wir auf die Aschenbahn kommen. Trainer.«

»Und von jetzt ab–« er streifte Socken und Schuhe über »–

faß ich dich noch härter an als je zuvor.« Er stieg in seine Shorts. »Von jetzt ab kommst du nur noch an meinen Arsch ran, wenn du mich einholst.«

»Kein Problem.«

»Ach, ja? Ich krieg 'ne halbe Runde Vorsprung.« Lachend rannte er aus der Tür.

HARTES TRAINING

Als ich vom Laufen zurückkam, war das Sportstudio praktisch leer; an Samstagabenden waren immer nur ein paar ganz wenige Männer hier. Aber ich mochte die Ruhe. Etwas früher war der Umkleideraum noch voll gewesen wie gewöhnlich. Jetzt waren nur noch meine beiden Favoriten – Patrick und Luis – da; wir waren ganz unter uns.

Patrick schwamm seine endlosen Bahnen. Er schien hier zu wohnen, ständig im Becken durchschnitt er das Wasser und stieß sich leicht von den Rändern ab.

Er war ein seltsamer Mann, ein Einzelgänger, der, gegen eine unerträgliche Schüchternheit ankämpfend, den Blick senkte, wenn er zum Becken ging. Er hatte mir noch nie in die Augen geschaut, obwohl ich ihn immer grüßte. Im Becken dagegen war er ganz anders; er erwachte zum Leben. Das war sein Reich, das er beherrschte. Heute abend war er allein, und seine langen Glieder trugen ihn rasch und mühelos von einem Ende des Beckens zum andern.

Luis war allein im Kraftraum und posierte; gewöhnlich trainierte er zusammen mit einem kräftigen Muskelprotz, und die beiden grunzten und schwitzten und wuchteten ihre

Gewichte und Hanteln durch die Gegend. Ich beobachtete ihn von der Tür aus.

»Mein Partner ist heute krank«, sagte er, während er sich vor den Spiegeln produzierte. »Da hab ich heute nur so'n bißchen leichte Armarbeit gemacht. Und an meinen Posen gearbeitet.« Er begutachtete sich im Spiegel, seine Brust schob sich mit vollen, schweren Muskeln bepackt weit nach vorn, und seine Arschbacken dehnten seine Shorts.

»Genug für heute«, lächelte Luis, wischte sich den Schweiß von der Stirn und fuhr mit den Händen über seinen Bauch, um sich im Schritt zu reiben. »Ich brauch jetzt 'ne Dusche. Patrick ist auch durch. Kommst du mit?«

Luis sprach selten jemanden an; sein Schweigen beruhte jedoch auf der Zurückhaltung eines Mannes, der sich seiner selbst sicher ist, nicht auf der scheuen Schüchternheit von Patrick. Heute abend aber war er offen und freundlich. Und er kannte Patricks Trainingsplan ...

Ich hatte schon immer den Verdacht gehabt, daß die beiden irgendwie zusammen waren, trotz ihrer großen Unterschiede. Luis paradierte und stolzierte immer nackt unter den Männern im Umkleideraum, während Patrick sich fast unsichtbar in einem dunklen Winkel umzog.

Als ich in die Dusche kam, seiften sie sich gegenseitig ein. Ihre Körper bildeten einen aufregenden Gegensatz. Luis war dunkel und behaart, seine Muskeln beinahe bis zum Platzen aufgepumpt, groß und mächtig – nicht nur hoch gewachsen, sondern mit Muskeln von gigantischen Ausmaßen. Seine Arme waren dick wie Honigmelonen und seine Brust voll und rund wie ein Faß.

Patrick war lang und dünn, gut gebaut, mit Muskeln von feiner, schlanker Festigkeit. Er war elegant, fast feminin, und seine weiche Haut war fein mit Sommersprossen gesprenkelt.

Sogar ihre Schwänze waren verschieden – der von Luis dick und schwer, die Eichel unter einer langen Vorhaut verborgen und die Eier fett und tief herunterhängend. Pats Schwanz war dünn und lang, seine Eichel spitz und seine Eier in einem runzligen Sack eng an seinen Körper gezogen. Seine Schamhaare waren so rot und lockig wie sein Haupthaar.

»Wie peinlich«, wandte Patrick sich an mich. Ich war erstaunt, daß er mich ansprach. »Wenn ich im Becken bin, krieg ich 'n Ständer.« Er fuhr mit der Hand über den Schaft seines steifen, rosigen Schwengels und schüttelte sich die Haare aus dem Gesicht.

»Du kriegst von allem 'nen Ständer«, sagte Luis, der selbst schon seinen Schwanz wichste.

»Willst'e mal fühlen, wie steif der wird?« Patrick schob mir seinen Penis entgegen. Ich legte die Hand um den Schaft. Er hatte recht; er fühlte sich an wie eine Stahlrute.

»Darauf hab ich gewartet«, sagte Luis. »Der hat 'n verdammt schönen Dödel!«

Ich beugte mich herunter und küßte Patrick auf die Eichel; sie schmeckte süß und jung.

»Wieso lutschst du ihn nicht!« Luis legte mir die Hand in den Nacken und drückte mich gegen Patricks Mitte. »Der schmeckt echt gut.«

Ich senkte mich über Patricks Bolzen, dessen Eichel langsam über meine Zunge glitt, bis er sich an meine Kehle schmiegte und meine Nase in dem krausen roten Busch vergraben war. Ich saugte ihn noch tiefer ein. Mein eigener Schwanz schwoll an und pochte in meiner Faust.

Luis kniete sich auf die Erde und saugte meinen Schwanz in seinen dampfenden Mund. Sein dichter schwarzer Bart kitzelte an meinen Eiern. Seine gesamte Mackermasse war auf meinen Schwengel konzentriert. Sein Kopf hüpfte auf und ab, während er meinen Schwanz bis zum Anschlag schluckte. Er nahm ihn ganz tief in den Mund, um dann den Kopf zurückzuziehen, bis seine Lippen nur noch die Spitze berührten. Seine Eier pendelten leicht im Takt mit seinem Blasen.

Luis wichste sich seinen Fleischbrocken und bearbeitete das Monster wie wild. »Komm, mach's mir auch 'n bißchen mit dem Mund«, sagte er, legte sich auf die Kacheln und ließ den Strahl der Dusche über sich strömen.

Ich legte mich in Neunundsechzigerstellung auf den massigen, dunklen Mann unter mir, und seine Vorhaut rieb über meine Lippen. Patrick kroch zwischen Luis' gewaltige Schenkel, und gemeinsam leckten wir an Luis' Bullenklöten. Unsere Zungen trafen sich und leckten an seinem Schaft aufwärts, um sich unter die Vorhaut zu bohren. Sogar in geschwollenem Zustand war seine Eichel unter ihr verborgen.

Ich lutschte an seinem riesigen Hammer, während Patrick an seinen Eiern saugte. Mit den Zungen fuhren wir an den Innenseiten seiner Schenkel auf und ab und wieder zurück zum Schwanz – ich knabberte leicht an der Vorhaut, während Patrick über den langen Schaft züngelte und dann nacheinander die Eier einsaugte.

Patrick bahnte sich seinen Weg mit dem Mund über Luis' Bauch hinweg bis zur Brust. Er leckte über die dicken Muskeln und lutschte an den Fleischbergen. Ich schaute Luis ins Gesicht. Lächelnd zeigte er seine blitzenden Zähne, und seine Lider flatterten leicht über den geschlossenen Augen.

Patrick legte seine Beine um Luis Rippen und setzte sich so auf seinen Schoß, daß sein Arsch den fetten Schwanz verbarg.

»Ich will dich in den Arsch ficken, Roter.« Luis schob seine Lende gegen Pats Arsch und zwang ihn zum Aufstehen. Dann seifte er sich den Schwanz und Patricks Hintern ein.

»Was für ein süßer, kleiner Arsch – so richtig scharf, so richtig eng.« Luis stellte sich hinter Patrick auf und packte den Schwanz des schlanken Mannes. »Ich find's immer echt toll, dir den Schwengel reinzuschieben.« Luis packte Patrick an den Hüften und preßte sich an seinen Hintern.

»Treib ihn mir rein bis zum Anschlag!« rief Patrick und stützte sich an der gekachelten Wand ab. »Du weißt ja, davon kann ich nie genug kriegen.« Er pumpte seinen Schwanz mit der Faust, und seine Schenkel zuckten erwartungsvoll.

Pats Brust und Bauch hoben und senkten sich schwer, als er den Kopf zurückwarf und sich gegen Luis' behaarten Rumpf lehnte. Er legte den Kopf auf Luis' Schulter. Seine Hüften kreisten, als er sich Luis entgegendrängte, um soviel wie möglich von dessen Schwanz abzubekommen.

Luis' starke, klobige Finger gruben sich in Pats Hüften, als sie sich aneinanderpreßten. Luis hielt Pats Schwanz und Eier fest, um seinen Kumpel zu wichsen und ihm die Eier zu kraulen. Luis drückte gegen Patrick, beugte ihn vornüber und versenkte tief seinen Schwanz. Er ritt Patrick, wobei er ihn an den Hüften gepackt hielt, so daß sich der rot behaarte Schwanz noch weiter hervorreckte.

Die Lippen um Patricks wunderschönen rosigen Schwengel geschlossen, krabbelte ich unter die beiden. Seine feine Haut war fast durchsichtig, und an der Wurzel traten blaue Adern hervor. Mit Luis in sich und mir zwischen den Beinen flippte Patrick aus, hüpfte auf den Zehen und verkrampfte die Waden zu harten, kleinen Knoten.

Patrick schwankte zwischen Luis und mir hin und her, hielt sich mit einem Arm an Luis fest, während mir der andere den Mund dicht an seinen orangefarbenen Schoß preßte. Hinter ihm wurde Luis immer wilder und brachte sich für seinen Abschuß auf Touren.

»Verdammt!« grunzte Luis. »Gleich komm ich in deinem Arsch, Roter. Mach dich auf was gefaßt. Da kommt's!«

Patrick stöhnte, bäumte sich noch heftiger auf und schob den Arsch nach hinten, um Luis entgegenzukommen. Luis' Sack schwang wild hin und her und klatschte Patrick an den Arsch, während der Macker den knochigen Schwimmer durchvögelte. Luis' Füße hoben sich fast vom Boden, als Patrick immer wieder gegen ihn zurückstieß und ihre Leiber über mir schwankten. Ich lutschte an Pats saftigem Schwengel und spürte, wie er immer länger wurde und an meine Kehle hämmerte.

Als Luis in Patrick kam, schoß heißes Sperma aus Patrick heraus und überflutete meine Kehle. Luis grunzte und rammelte immer fester in Pat hinein. Beide klammerten sich stöhnend aneinander, hielten sich an meinem Kopf fest, und ich erstickte fast, als Patrick seinen spritzenden Schwengel so tief in mich versenkte, wie es ging.

Langsam ließ Patrick den Schwanz aus meinem Mund gleiten, während Luis seinen aus Patrick zog.

»Willst du jetzt abspritzen?« fragte mich Patrick. Ich nickte. »In meinen geilen, sommersprossigen Arsch?« Und ob!

Patrick beugte sich nach vorn und ging auf alle Viere. Sein Loch stand weit offen, und in den weichen, krausen Härchen glitzerte ein Tröpfchen von Luis' Sperma. Ich ging in die Knie und zielte. Mühelos und schnell glitt ich auf Luis' Ladung. Ich ritt ihn und rammelte wild in ihn hinein. Er stöhnte. Nachdem er Luis' Bolzen drin gehabt hatte, war er bereit und willig, es mit all der Kraft aufzunehmen, die ich in meinen Durchschnittsschwanz legen konnte.

»Ich komm gleich«, sagte ich. Gelassen und fasziniert von den beiden Männern, verströmte ich meine Mannessäfte in den jungen Macker vor mir. Seine Sanftheit beruhigte und erregte mich, während Luis' rohe Männlichkeit mich eher ängstigte.

Patricks Eingeweide mit (wie mir schien) Litern heißen Spermas überschwemmend, kam ich. Luis leckte mir die Eier und fing die Sahne auf, die von Patrick heruntertropfte. Ich erschauerte, als Luis den letzten Rest meines Spermas aus meinem immer noch zuckenden Schwanz heraussaugte.

»Das hab ich mir schon lange gewünscht.« Luis schlang seine Mammutarme um Patricks schmale Hüfte.

»Hab ich dir nicht gesagt, daß Rothaarige es hassen, ›Roter‹ genannt zu werden? – und mich nie vor jemand anderem so zu nennen?« fragte Patrick Luis.

»Tut mir leid, Pat«, brummelte Luis und bekam einen roten Kopf. »Hab ich vergessen.«

»Ich will, daß ihr beide mir versprecht, mich vor anderen nie ›Roter‹ zu nennen. Ehrenwort?«

Luis und ich stimmten nickend zu.

»Das besiegeln wir jetzt mit einem Kuß«, sagte Patrick. Unsere Zungen trafen sich zu einem Dreifachkuß, bei dem unsere Leiber zusammenkrachten.

»Wie wär's mit ›Karottenkopf‹?« fragte Luis, der aufstand und zu den Spinden ging. »Dürfen wir dich ›Karottenkopf‹ nennen?«

»Nein! Komm sofort zurück, du!« schrie Pat, sprang auf und versetzte Luis' fetten braunen Eiern einen Hieb mit dem Handtuch.

Mit dem schweren Geschmack der beiden noch auf der Zunge, sah ich zu, wie Patrick Luis nachjagte. Wir haben unser Ehrenwort Patrick gegenüber nie gebrochen – nie nannten wir ihn vor anderen ›Roter‹, aber, ach, wenn wir unter uns waren ...!

DUMPFBACKE UND TUGENDBOLD

Ringer sind oft laute Machoangeber – und ich war einer der schlimmsten. Ich hatte den Ruf, ein Weiberheld zu sein, war in bezug auf Weiber aber Jungfrau. Ich war eine klassische Klemmschwester, die sich mit Quickies auf Klappen, in fremden Schlafzimmern und auf Autorücksitzen begnügte.

Am Morgen als ich Tim Harding kennenlernte, wußte ich sofort, daß das Ärger geben würde. Er war Turner und neu im Sportlerheim – zierlich, mit hoher, kieksender Stimme, ziemlich weibisch, schwarze Haare, dichte Augenbrauen und schwarzen Augen. Er war schön und hatte einen knackigen kleinen Körper.

Als massiger, behaarter Ringer wäre ich nie auf die Idee gekommen, daß ich für jemanden wie Tim attraktiv sein könnte. Aber der Blick, den er mir zuwarf! Ziemlich verdattert ragte ich über ihm, als er mich um Hilfe bat. Mit dem Kopf reichte er mir kaum an die Schultern.

»Du bist Dale Nilson – der NCAA Champion.« Er lächelte mich an, wobei sich in seinen Wangen Grübchen bildeten, die das energische Kinn und die roten Lippen betonten. »Ich weiß alles über dich.«

Seine Hand streifte leicht meine, als er mir seinen schwersten Koffer reichte. Und seine Lippen streiften leicht meine Brustwarze. Aber nein – das mußte ich mir eingebildet haben. Sein Vater war Priester in einer einflußreichen Baptistengemeinde. Tim war ein sehr braver Junge. Er würde nie etwas mit einem wie mir anstellen.

Es hatte mich eindeutig erwischt – meine Rüstung war angeknackst. Ich wußte, ich mußte vorsichtig sein, oder ich würde eingestehen, was alle schon von mir wußten. In Kürze würde ich mich öffentlich zum Riesentrottel machen. Und das nur wegen eines blöden, kleinen Erstsemestlers. Wegen eines Turners, ausgerechnet! Fast so schlimm wie wegen eines Ballettänzers.

In der Halle für ›kleinere Sportarten‹ beobachtete ich Tim an diesem Nachmittag beim Training und bot ihm an, Hilfestellung zu geben. Er nahm es mit rotem Kopf, aber begeistert, an. Seine Arme waren schlank und kräftig, seine Hände zierlich und doch unzweideutig männlich. Als er an die Geräte ging ...! Ans Pferd mit breiten, angespannten Schultern, an den Barren mit breiter, fester Brust. Welch eine Schönheit.

Am Boden – gestreckte Zehen, weit gespreizte Beine, unbehaarte, seidige Innenschenkel, das Trikot unter der Shorts, das Paket eine harte Beule. Unter dem dünnen Trikot zeichneten sich stramme Bauchwellen ab, starre, verlockende Brustwarzen, dicke Büschel schwarzer Achselhaare. Der hochgereckte Hintern, mit dem er sich beim Spagat zur Erde senkte. Der Bauch, die Füße, Brust und Kinn alles flach am Boden beim ›Pfannkuchen‹. Fehlte nur noch der Sirup!

»Du hast gute, starke Hände.« Er lehnte sich an mich, als ich ihn an die Ringe hob. Er mochte mich, und er war echt scharf. Aber ein Priestersohn ...

»Danke, Dale«, sagte er beim Abgang von den Ringen. Mit meinen Händen an den Hüften drehte er sich zu mir um.

»Ich bin so klein, daß ich nicht mal von selber an die Ringe komme.«

»Du bist gut – und elegant und sicher. Ich war immer ein plumper Ochse mit meinen großen Händen und Füßen.«

»Du bist ganz anders, als ich gedacht hatte.«

»Was hattest du denn gedacht, wie ich sein würde?«

»Blöd und gemein. Wie all die anderen großen Macker. Vor allem die Footballspieler.«

»Du wagst es, mich mit diesen Trotteln zu vergleichen!« knurrte ich. Ich kitzelte ihn und verstärkte meinen Griff, als er versuchte, freizukommen.

Er rannte zum Umkleideraum – der hauptsächlich von den Turnern, den Ringern und einigen Hallenmannschaften benutzt wurde – tappte im Dunklen herum und ließ sich schließlich von mir einfangen.

Ich packte ihn um die Brust, zog ihn fest an mich und ging ihm mit den Fingern an die Rippen. Er wehrte sich keuchend und kichernd und trat um sich, um freizukommen. Urplötzlich sank er mir schlaff in die Arme und ließ sich an mich fallen.

»Oh, ja!« sagte er. »Halt mich fest.« Er umarmte mich, sein Mund bedeckte meine Lippen, und seine Zunge zwängte sich hinein, um an meiner Zunge und meinen Zähnen zu lecken. Wild klammerte er sich an mich, schlang mir die Beine um die Mitte und schob mir seine Erektion gegen den Bauch.

»Ich will dich, Dale. Und ich weiß, daß du mich auch willst.«

»Mehr als alles andere«, sagte ich, zerrte seine Beine um meine Hüften und umfaßte seinen Hintern mit den Händen, die größer waren, als seine Backen. Ich drückte ihn fest an mich. Er war mein lieber, kleiner Mann, und ich wollte ihn nicht mehr verlieren.

»Ich will wissen, wie dein Mund schmeckt, und von deinen Stoppeln gekratzt werden. Ich rasier mich noch nicht einmal.«

»Ich weiß.« Mit einem Finger strich ich über seine Wange. »Ganz weich. Was willst du sonst noch?«

»Meine Brustwarzen sind echt zart«, sagte Tim. »Meinst du, du könntest sie küssen – vielleicht?«

»Alles, was du willst, Baby.«

Ich schob sein Trikot beiseite und fand seine harten, langen Brustwarzen. Ich kaute sanft an ihnen, worauf er laut aufstöhnte. Ich rollte die Brustwarzen zwischen Daumen und Zeigefinger und beugte mich zu ihm. Wir fielen übereinander zu Boden.

Ich saugte eine seiner Brustwarzen in den Mund, während ich ihn in den Armen wiegte. Er krümmte den Rücken und hob mir die Brust entgegen. Ich leckte die festen, unbehaarten Muskeln unter der samtweichen, dunklen Haut.

Ich zog ihm die Slipper aus und liebkoste zärtlich seine verschwitzten Füße.

»Das ist ein tolles Gefühl«, schnurrte er. »Woher wußtest du das mit den Füßen.«

»Turner sind immer eitel mit ihren Füßen, genau wie Tänzer.«

Seine Füße waren wunderschön, mit zart geäderten Spann und hohem Rist, breiten Fersen, die in scharfe Achillessehnen übergingen. Und das Beste, seine langen Zehen mit den ordentlich geschnittenen Nägeln. Aggressive, kraftvolle Füße, die es gewohnt waren, sich mit Kraft und Selbstvertrauen von der Erde zu heben.

Ich küßte ihn auf die Sohlen und atmete tief das Aroma seiner verschwitzten Füße ein, die endlich aus den engen, einschnürenden Socken befreit waren. Ich saugte an seinen Zehen, fuhr mit der Zunge über die scharfen Kanten der Nägel und leckte den Spann ab, worauf ich einen Fuß anhob, um an der Ferse zu lutschen und meine Zähne in das dicke Fleisch zu schlagen.

Er wichste bereits seinen Schwanz, der seitlich aus seinem Trikot herausragte. Er molk ihn mit beiden Händen, um sich dann mit einer an seine Eier zu fassen.

»Das macht mich steif«, sagte er, zeigte auf seine Zehen und streckte den Fuß. »Lutsch mir die Zehen – leck den Schweiß ab. Fahr mit der Zunge über meine Füße.«

Und so machte ich es. Ich umzüngelte seine Zehen, nahm sie in den Mund, saugte an ihnen. Die Zunge fuhr über die weiche Haut seiner Sohlen, meine Lippen schlossen sich um seine Zehen und öffneten sich, um alle zusammen aufzunehmen. Er schob mir die Füße ins Gesicht.

»Lutsch sie, Dale«, sagte er, während er sich stöhnend über mir wichste. »Mach meine Füße so richtig heiß. Ich spritz gleich ab.«

»Ja, spritz ab für mich, Baby. Gib's mir.«

Ich drehte die Hüften, damit ich meine Eichel an Tims Eier pressen konnte. Ich wichste mir den Schwanz über seinen Eiern, während ich an seinen Füßen schlabberte.

»Da kommt's Mann. Da hast du's!« Tim schob seinen Schwanz an meinen, und das weiße Sperma quoll heraus, bedeckte seine Hand und glitzerte in seinem dicken, schwarzen Busch.

Ich schob meinen Schwanz dicht an seine Eier und spritzte ihm meine eigene Ladung über den Arsch. Dann tauchte ich ab, um sie aufzulecken.

»Machst du morgen wieder Hilfestellung bei mir?« fragte er, als er sich die Klamotten anzog.

»Klar, wenn du das Zimmer mit mir teilst.«

»Nein, du bist im Hauptstudium. Willst du etwa einen Erstsemestler als Mitbewohner?«

»Nein, ich will keinen Erstsemestler als Mitbewohner«, sagte ich. »Ich will dich als Bettgenossen.«

Wir überzeugten unserer Mitbewohner, beide stämmige Footballspieler, zusammenzuziehen und Tim bei mir einziehen zu lassen.

»Ich mag Jockstraps«, sagte er an dem Abend, als er meine in einer Schublade besichtigte. »Eines Tages muß ich einen haben.«

»Du hast noch keinen Jockstrap?«

»Noch nie. Mein Vater hätte das nicht erlaubt.«

»Dann müssen wir dir einen besorgen. Das wird dein Vater nie erfahren.«

»Wirklich? Würdest du mir helfen, einen zu kaufen? Ich kenn mich damit überhaupt nicht aus, ich weiß nur, daß sie echt sexy aussehen. Fühlen sie sich auch sexy an?«

»Und ob! Die Bänder, die sich um deinen Arsch schmiegen. Und vorne sind sie echt eng, und trotzdem atmen sie irgendwie.«

»Ich glaube, die mit dem breiten Hüftbund sind am schärfsten«, sagte er, während er die Schublade aufzog, um besser zu sehen.

»Willst du einen von mir anziehen?«

»Darf ich? Welchen?«

»Versuch's mal mit dem da. Der ist mir ein bißchen klein.«

»Hilfst du mir, ihn anzuziehen?«

»Klar.«

Ich schnappte ihn mir und zog ihm die Klamotten aus. Bis auf den Jockstrap war er nackt. Der Bund schmiegte sich eng um seine scharfen Hüftknochen, und die weiße Vorderseite beulte sich über seinem Schwanz und seinen Eiern. Er drehte sich um; die Bänder lagen um seinen Hintern und betonten seine dunklen, jungenhaften, beispielhaft geformten Arschbacken.

Er zupfte an der Vorderseite. »Soll ich da einen Ständer drin kriegen?«

»Aber sicher.«

Er rieb sich über den Schwanz, schob den Sackhalter beiseite und legte seinen Ständer frei, der schön von seiner Vorhaut bedeckt war.

»Jetzt zeig mir deinen Schwanz.«

Ich knöpfte die Jeans auf und ließ meinen schweren Schwanz und die Eier baumeln.

»Groß!« flüsterte Tim. »Und er hat überhaupt keine Extrahaut.«

»Ich liebe deine Extrahaut.«

»Die da?« Er preßte seine Eichel und schob seine Finger unter die Vorhaut.

»Genau die.«

»Manchmal genier ich mich dafür, vor allem, wenn alle sonst beschnitten sind«, sagte er und zupfte und zwirbelte seine Vorhaut. »Aber ich weiß, daß manche Männer das echt mögen.«

»Ja, ich zum Beispiel, und ich will da ran.«

»Zieh zuerst einen Jockstrap an«, sagte er.

Ich fand einen mit sehr breitem Bund. »Der müßte dich glücklich machen.« Ich zog mich aus und streifte den Sackhalter über, über dessen Bund mein Ständer zu sehen war.

»Und jetzt«, seufzte er und warf sich aufs Bett. »Schlaf mit mir, Dale.«

»Ich freß dich gleich auf, mein Kleiner. Ich bring dich zum Schreien, du hübsches, kleines Teil.«

»Ja«, stöhnt er, spreizte die Beine und streckte die Hände über den Kopf.

Ich steckte ihm den Kopf zwischen die Beine, indem ich ihn an den Hüften anhob, dann küßte ich die Spitze seiner schlaffen Vorhaut und zog sie zurück, um seine Eichel freizulegen. Ich züngelte an der Spitze, während meine Finger an der Vorhaut zupften.

»Du kannst ruhig grober mit der Kappe sein, wenn du willst.«

»Vielleicht so?« Ich schlug die Zähne in die Vorhaut und kaute.

»Ja! Oh, mein Gott! Oh, ja!« Er hielt mir den Kopf fest und dirigierte meine Bewegungen, während ich weiter seinen steifen Schwanz und die lange Vorhaut bearbeitete.

Seine Eichel schwoll an, und seine Eier zogen sich zusammen. Ich preßte die Lippen um seinen Schwanz. Verdammt! Ich liebe den Geschmack und den Geruch seiner Vorhaut über meiner Zunge. Ich quetschte ihm die Arschbacken und trieb mir seinen Schwengel noch tiefer in die Kehle. Ich packte ihn an den Eiern und preßte sie mit steigendem Druck in der Faust.

»Oh, meine Eier!« stöhnte er unter Hüftstößen, bei denen sich sein Arsch vom Bett hob. Er schlang die Beine um meinen Hals und stieß den Schwanz noch weiter in meine Kehle.

Ich hakte meine Finger unter den Bund seines Sackhalters, und zog ihn ihm über die Hüften.

»Nein!« schrie er auf und zog ihn wieder hoch. »Zieh ihn mir nicht aus. Wir können sie doch anlassen, wenn wir miteinander schlafen, oder?« Er bettelte mich an.

Ich tätschelte ihm die Hand und zog den Bund wieder an die alte Stelle. Wieso nicht, wenn er es so wollte?

Tim veränderte sich, seine naive Sanftheit machte einem neuen Mann Platz. »Du sexy Miststück. Leck den Sackhalter.« Er verhakte die Ellbogen hinter den Knien, hob die Beine und spreizte sein Loch vor mir. »Lutsch es aus. Sofort.«

Ich lutschte an seinem Arschloch und weidete mich an seiner unbehaarten Schönheit. Er zappelte und wand sich, bäumte sich gegen mich auf und gab mit seinen Hintern zu schmecken. Und meine Hand schloß sich fest um seinen zuckenden Schwengel und molk an der Vorhaut.

Er legte mir die Beine über die Schultern, und seine Fersen hämmerten mir ein unsichtbares Tattoo in den Rücken. Mit steifem, pochendem Schwanz im Jockstrap ging ich auf die Knie. Er vergrub seine Hände in meinen Haaren und drückte mein Gesicht noch tiefer in seinen Hintern.

»Oh, Herr, ich danke dir für diesen Mann.«

»Was hast du gesagt?« Ich zuckte mit dem Kopf von seinem Arsch zurück.

»Ich hab gebetet – mich dafür bedankt, daß ich dich kennengelernt habe.«

»Oh.«

»Tut mir leid. Kommt nicht wieder vor. Ich versprech dir's.«

»Schon gut. Ich glaube, auf meine Art bedanke ich mich auch für dich.«

»Wirklich?« Er setzte sich auf. »Aber du hast es schon mit einer Menge Männer gemacht, oder?«

Ich nickte. »Aber das hier ist etwas anderes. Ich habe noch nie mit einem Mann im eigenen Bett geschlafen.«

»Wo hast du's denn gemacht?«

»Überall sonst. Nur damit ich mir's nicht eingestehen mußte. Und damit niemand davon erfuhr.«

»Du hast dich geschämt!« rief er und nahm mein Kinn in die Hand.

»Ich glaub schon.« Ich spürte, wie mir Tränen in die Augen stiegen.

»Schämst du dich auch für mich?« Tiefe Runzeln traten auf seine Augenbrauen.

»Oh, nein, Baby. Nicht für so einen süßen, kleinen Jungen wie dich.«

»Gut.« Er legte sich zurück, so daß sein Schwanz an seinem Schenkel zuckte. »Und jetzt – schlaf mit mir. Und dann bedanken wir uns beide.«

»Ja, wir beten zusammen.«

»Ich will dir den großen, haarigen Arsch auslutschen«, stöhnte er, als ich mich über sein Gesicht setzte. »Ah! Die ganzen dicken, blonden Haare«, sagte er und tätschelte mir die Arschbacken. Er packte mich an den Hüften und senkte küssend, leckend und saugend, mein Arschloch auf seine Lippen. Er fing an, sich unter mir zu winden, während er mich stöhnend und schlabbernd über seinem Gesicht festhielt.

Mit seinen Eiern auf der Nase bohrte ich ihm die Zunge in den Hintern. Mit den Fingern spreizte ich ihn weit. Er klammerte sich mit den Schenkeln um meine Ohren und seine prallen Eier klatschten mir ins Gesicht. Sein Arschloch war meine Welt; Tim erfüllte all meine Sinne.

Er zog mich an den Ohren hoch und zerrte mich brutal zu seinem Gesicht. »Küß mich. Ich will meinen Arsch auf deiner Zunge schmecken.«

Ich küßte ihn lange und tief, während er den Jockstrap beiseite schob, meinen Schwanz und mit der anderen Hand den eigenen bearbeitete. Abwichsen im Jockstrap. Wir küßten uns, und durch unsere Zungen hindurch vereinigten sich unsere Seelen so fest wie unsere Hände unsere Leiber zusammenschweißten. Wir waren jetzt eins. Nichts konnte es aufhalten. Wir gehörten unweigerlich zusammen, durch unser Schicksal verwoben.

»Laß uns in sie reinspritzen, okay?« Er hob mich hoch und drehte mich um, so daß wir beide die Sackhalter sehen konnten, aus denen schon die Säfte tröpfelten.

»Okay!« stimmte ich zu. »Laß uns abspritzen. Ich halt's nicht mehr aus.«

»Ist doch toll, oder? Du bist wunderbar.«

Wir setzten uns mit gespreizten Beinen einander gegenüber auf und wichsten uns die Schwänze, holten uns für den anderen einen runter. Wir rückten näher zusammen, wobei unsere Eier sich gegen den Stoff preßten.

»Zeig mir dein Arschloch, während ich dich wichse.« Tim stieß die Hüften vor und zeigte sein kleines Loch. Ich verlagerte das Gewicht und befingerte mir mein Loch, das noch von seiner atemberaubenden Zunge feucht war.

»Ja, genau so. Laß uns so abspritzen und uns gegenseitig dabei zusehen«, sagte er, während er mit fliegenden Fingern seinen Schwanz noch schneller bearbeitete.

»Nur wenn du mich küßt«, sagte ich.

Er schnappte nach meinem Mund, zog uns noch dichter aneinander, während unsere Hände wie wild an Schwänzen und Eiern fummelten und wir uns gierig mit den Fingern fickten.

Genau als seine Zunge auf meine traf, spürte ich die Wellen in mir aufsteigen, mich überfluten und sich auf meine Eier und mein Arschloch konzentrieren. Mein unter dem Stoff gefangener Schwanz zuckte. Und ich spürte das langsame, sanfte Brodeln meines Spermas, als es aus meinem Schwanz in den Jockstrap quoll.

Tims Säfte sickerten aus seinem Sackhalter, während er zuckend und stöhnend an meiner Zunge knabberte. Er preßte unsere Schwänze zusammen, das Sperma mischte sich und durchnäßte beide Jockstraps. Er verrieb es über die Vorderseiten.

»Ich glaub, ich komm schon klar auf dem College, hm?« fragte er und leckte sich den Saft von den Fingern.

»Ja, Timothy.«

»Nenn mich nicht so! Das klingt, als wär ich so'n Betbruder, so'n Tugendbold.«

»Aber Timothy, mein Lieber, du bist ein Tugendbold«, sagte ich und küßte ihm die Füße. »Du bist mein kleiner Betbrudermacker.«

»Ach? Na, dann bist du 'ne Dumpfbacke!« Er griff nach unten und versetzte mir einen Hieb auf den Blanken.

Vielleicht, dachte ich, als er an diesem Abend in meinen Armen einschlief, kann er mir ja ein bißchen Aufrichtigkeit beibringen. Er ist echt und aufrichtig in seiner komischen Mischung aus Religiosität und Leidenschaft. Und ich bin außergewöhnlich in meinem intellektuellen Zugang zum Ringen. Wir geben ein gutes Paar ab, besonders beim Beten.

WENN DER SCHUH PASST

Die Nachmittagssonne fiel träge durchs Schaufenster meines Schuhladens. Müde und begierig darauf, für heute zu schließen, bearbeitete ich die Tagesrechnungen, als ich hörte, daß die Eingangstür aufging. »Verflixt«, murmelte ich. »Jetzt komm ich hier nie raus.«

In der Tür stand vom Licht draußen eingerahmt der Körper eines kleinen Engels. Ich ging um den Tresen herum auf ihn zu. Er war klein und drahtig und in ein weißes Tennisdress gekleidet. Unter seinem engen Baumwollhemd wölbte sich fest und muskulös, geschmeidig und doch scharf gemeißelt seine Brust. Unter seiner weißen Shorts glitzerten in tiefem Bronze seine Beine.

Er nickte mir zu und ging auf das Regal mit den Sportschuhen zu.

»Verdammt heiß heute, Sir«, sagte er und verlagerte das Gewicht von einem Fuß auf den anderen. Seine Hinterbacken spannten sich unter der Bewegung seines festen, männlichen Arschs. »Könnte ich die in Größe acht anprobieren, bitte? Wenn es nicht zuviel Umstände macht.« Er drehte sich zu mir um und zeigte mir die Beule unter seiner Shorts.

»Das macht überhaupt keine Umstände. Nicht bei dir«, lächelte ich, während ich den Blick über seine braungebrannten, unbehaarten Beine schweifen ließ.

Als ich mich mit dem Schuhkarton in der Hand umdrehte, lag er vor mir ausgebreitet in einem Stuhl. Seine Beine waren weit gespreizt, sein Paket reckte sich mir rund und prall entgegen. Durch die eine weite Beinöffnung konnte ich den Ansatz seiner Schamhaare sehen.

Ich ließ mich auf den Anprobehocker vor ihm nieder, nur Zentimeter entfernt von diesen verlockenden Schenkeln und dem dunklen Geheimnis dort, wo sie im Schritt zusammentrafen. Ich setzte mich auf den Hocker und richtete meinen steif werdenden Schwanz.

Er zog sich die Schuhe aus und enthüllte ein atemberaubendes Paar vollkommen geformter Füße. Am liebsten hätte ich sie gehalten und gestreichelt, die Zehen liebkost und den hohen Spann geküßt. Die Zehen streckten sich lang und gerade, und die Nägel waren sauber geschnitten. Es waren warme, leicht feuchte Füße, die dezent nach frischem Schweiß rochen. Ich sehnte mich danach, mit den Händen über das feste, braune Fleisch zu streichen.

»Ah«, seufzte er. »Das ist das tollste Gefühl, das ich kenne.« Er grinste auf mich herab und zwinkerte. »Am Ende des Tages aus heißen Schuhen zu steigen.« Er wackelte mit den Zehen und streckte sie mir ins Gesicht. Dann hielt er mir ein Paar dicker, weißer Socken hin.

»Würden Sie mir die anziehen, bitte? Ich hab mir heute beim Tennis einen Muskel gezerrt und komm nicht mehr so weit runter.«

Ich griff nach ihnen, wobei sich unsere Hände leicht berührten. In der Hand hielt ich seinen linken Fuß, dessen Haut zart und weich war. Ich stellte den Hocker zwischen meine Beine und machte mich bereit, ihm die Socke anzuziehen.

Er preßte mir den Fuß in den Schritt und krümmte die Zehen.

Ich stöhnte, hob den Fuß ans Gesicht und sog den heißen, männlichen Duft ein. Ich küßte ihn und strich mit den Lippen über den Spann bis zum Rist mit den hervorstehenden Adern. Ich kam zu den Zehen und leckte sie an der Unterseite ab. Dann leckte ich durch die Zwischenräume und saugte nacheinander an ihnen wie an winzigen Schwänzen. Ich öffnete den Mund und nahm sie, das Kinn an seinen Spann gepreßt, alle hinein.

»Ich muß diese Schuhe anprobieren«, keuchte er und entwand sich mir.

Rasch zog ich ihm die Socken und danach die Schuhe über die Füße. Ich schnürte sie zu und schob den Hocker zurück, damit er umhergehen konnte. Ich erkannte, daß der Schuhkauf, das Anprobieren, Teil unseres Spiels war.

Er ging zum Spiegel, wobei sich sein fester Hintern bei jedem Schritt spannte. Er beugte sich vornüber, spreizte die Beine und drückte mit dem Daumen auf die Schuhkappen. Er wirbelte in den Hüften herum und wandte sich wieder mir zu.

»Was meinen Sie?« fragte er.

Ich beugte mich herunter, um zu fühlen, wie die Schuhe paßten. Mit der Hand auf seinem Fuß, spürte ich den heißen Knoten seines Pakets am Kopf. »Fühlt sich richtig an«, sagte ich und preßte meinen kahlen Schädel dichter an den rauhen Stoff seiner Shorts.

»Ja«, knurrte er, rieb sein Gemächt an meinem Kopf und spreizte die Schenkel.

Er setzte sich hin, und legte mir einen Fuß an den Schwanz. Bei dem Druck auf meinen Ständer fing ich an zu tröpfeln, und an der Vorderseite meiner Hose machte die Flüssigkeit einen dunklen Fleck. Er hob die Füße, streckte sie in die Luft und bot mir die weichen Innenseiten seiner Schenkel dar.

Ich senkte die Lippen auf die seidige Haut, dort, wo seine Beine in den Rumpf übergingen, und roch den schweren Duft, der von seinem verschwitzten Hodensack aufstieg. Ich züngelte an seinem Fleisch, bis er mich mit der flachen Hand wegstieß.

Er stand auf, zog sein Hemd aus und öffnete den Reißverschluß seiner Shorts. Sein Schwanz war nicht das Spielzeug des Jungen, der er zu sein schien, sondern das schwere Gerät des Mannes, der er war. Er rieb mir damit über meine Glatze.

»Ich mag Glatzköpfe. Sie sind verdammt sexy ohne die Haare da oben.«

Er zog mir den Schwanz und die Eier durchs Gesicht. Ich leckte an der prallen Eichel, deren Loch, in dem vorne ein Tropfen glitzerte, weit klaffte. Ich fing an, das ganze Ding in den Mund zu nehmen, während er sich wieder auf den Stuhl setzte. Er legte die Beine über die Stuhllehnen und ließ sein rundes, runzliges Arschloch sehen, das sich süß, sauber und unbehaart meiner gierigen Zunge darbot.

»Alles, was Sie hier schmecken, Sir, ist der Schweiß vom Tennisspielen. Hier haben Sie ein ganz sauberes Arschloch.«

Ich zögerte nicht länger. Ich tauchte ein in die Schönheit seiner Lenden und gab mich hungrig dem Genuß seines männlichen Geschmacks hin.

»Warte!« keuchte ich und stürzte zur Tür. Ich schloß ab und führte meinen Kunden an eine Stelle, die von der Straße aus nicht eingesehen werden konnte.

Ich fing an, mich selber auszuziehen.

»Sir?« Er starrte auf meine schwarzen Halbschuhe. »Könnten Sie die Schuhe anbehalten, bitte?« Er bekam einen roten Kopf.

»Klar.« Bis auf Schuhe und Socken war ich jetzt nackt. Ich schob ihm die Beine auseinander und versenkte den Kopf in seinem Arsch. Ich schlabberte an seinem würzigen Loch, leckte den Rand und steckte ihm die Zunge tief hinein. Er stöhnte und packte seine Arschbacken, um sie zu spreizen. Ich ließ ihm Spucke auf den Arsch rinnen, um ihn feucht und saftig zu machen. Ich schlabberte den Arschsaft auf, hob den Mund, um ihm die Backen abzulecken und dann wieder abzutauchen, um an seinem Loch zu saugen.

Plötzlich zog er meinen Kopf an seinen, unsere Münder trafen aufeinander, und meine ganze Seele schien in der dunklen Wärme unserer Mundhöhlen in ihn überzufließen. Ich konnte mich nicht entscheiden, welches Ende ich küssen sollte, in welches Loch ich meine Zunge bohren wollte.

Ich wich zurück und versuchte, meinen Atem zu beruhigen. Am Schwanz hatte er ein dünnes Büschel weicher, dunkler Haare. Er war überall unbehaart; selbst seine Achseln waren nackt, als habe er sie frisch rasiert. Dennoch hatte er die Figur eines Mannes mit breiter Brust, geraden Reihen symmetrischer Bauchmuskeln und festen, kräftigen Beinen.

Sein Schwanz ragte an seinem Bauch auf. Ich fiel auf die Knie und schluckte ihn bis zur Wurzel. Er pumpte mir den Mund voll, fuhr in meiner Kehle tief ein und aus, den Schwengel der Länge nach von meiner Spucke überzogen.

Er wich zurück, legte sich auf den Fußboden und strich mit den Händen über meine Waden, das Gesicht auf das rauh genarbte Leder meiner Schuhe gepreßt. Stöhnend und schnurrend schmiegte er sich an meine Füße.

»Du stehst wohl auf Schuhe, stimmt's?« fragte ich, während ich ihn an den Haaren näher heranzog. »Mach weiter«, sagte ich. »Zeig meinen Schuhen deine Liebe.«

Er leckte die Schnürsenkel, küßte die Kappen. Er hob den Schuh an und küßte die staubige Sohle. Während dessen bearbeitete er pressend und wichsend seinen Schwanz. Er zog an seinen Eiern und rollte den Sack in seinen Händen.

Sein Mund bahnte sich der Länge nach seinen Weg an meinem Bein nach oben, über die Socke hinaus bis zur nackten Haut. Die Nase an die Wurzel meines Schwengels gepreßt, leckte und lutschte er mir die Eier. Ich wichste beim Anblick seines Mundes und der Hände, sah zu, wie er sich auf meinen Schuh setzte und seine Eier über der Zunge des Schuhs tanzten.

Ich war bereit, abzuspritzen, hielt es aber zurück. Ich wünschte mir, es würde ewig dauern. Sein Mund war der schärfste, hingebungsvollste, an den ich mich erinnern konnte. Leckend bahnte er sich seinen Weg an meinem Körper nach oben.

Über dem feuchten Pfad, den seine Zunge hinterlassen hatte, schmiegte er das Gesicht an meine Brustmatte. »Knabber an meinen Titten«, bat ich ihn tief knurrend, weiterzumachen. »Ich will's richtig spüren.«

Er saugte an meinen Brustwarzen, kaute darauf herum, biß fest hinein, hielt die Spitzen zwischen den Zähnen fest – ein sanfter, erregender Schmerz schoß mir durch die Brust, in die Schultern und bis hinab zu meinem Schwanz.

Mit den leuchtend weißen Schuhen an den Füßen warf er sich auf den Rücken.

»Fick mich jetzt«, sagte er. »Steck mir den Schwanz in den Arsch. Laß mich deine Schuhe spüren.«

Ich hatte meine eigenen Forderungen. »Zieh die Schuhe aus, und laß mich an deinen Zehen lutschen, wenn ich dir den Schwanz reinramme.«

»Nein. Wenn du sie runterhaben willst, mach's selber.«

Ich rückte nahe an ihn heran, schnürte die Schuhe auf und ließ meinen Schwanz an sein Arschloch gleiten. Ich spreizte die Beine, so daß sein Gesicht zwischen meinen Schuhen steckte. Dann zog ich seinen Arsch zwischen meine Schenkel.

Während ich ihm die Socken auszog, zwängte ich meinen Schwanz in seinen Arsch, dessen enge Muskeln sich lockerten. Als ich an seinen nackten Füßen leckte, hatte er meinen Schwengel bis zum Anschlag in seinem geilen Hintern stecken.

Mit dem Arsch wackelte er über meinem Schoß. Er stieß mir entgegen, wobei sich seine Muskeln um meine Latte verkrampften und dann langsam wieder lockerten, so daß ich seine feuchten, schlaffen Gedärme spüren konnte.

Er fickte mich, hatte jedes meiner Gefühle unter Kontrolle. Meine sämtlichen Nerven kribbelten unter der Dominanz dieses Mannjungen, während er mich immer dichter auf den Orgasmus zutrieb. Ich packte ihn an den schmalen Hüften, preßte sie mir an den Bauch, die Schenkel und die Eier. Ich war bereit.

»Stop!« schrie er und zog meinen Schwanz heraus. »Laß uns anders kommen.« Er setzte sich auf und griff nach meinen Eiern. »Hol dir einen runter für mich. Spritz deine weiße Sahne auf deine schwarzen Schuhe. Und dann laß mich sie ablecken.«

Ich wichste; meine Hand war nur noch verschwommen zu sehen, während ich das Gewicht verlagerte und meinen Schwanz auf das kalte, steife Leder meiner Schuhe richtete. Ich rieb meine Eichel an der Seite meines Schuhs und strich mit den Eiern über die Sohle.

»Ich komme!« keuchte ich. »Und diesmal hinderst du mich nicht dran.« Mein Orgasmus schoß mir durch Rücken und Eingeweide, blubberte aus meinen Eiern und dann langsam und köstlich der Länge nach durch meinen Schaft. Ich sah zu, wie die weiße Samenpfütze auf meinen Schuh plätscherte und an der Naht herabrann.

Er leckte mir den Schuh ab und schlürfte das ganze Sperma auf. Als er den Schuh gesäubert hatte, warf er sich mir entgegen und wir küßten uns. Ich schluckte meinen eigenen Saft durch die samtweichen Lippen aus seinem Mund. Seine Wangen, von keiner Klinge angetastet, waren mit feinem Flaum bedeckt.

»Letzt laß mich deinen Schwanz lutschen«, sagte ich mit seiner Latte in der Hand. »Ich will, daß du abspritzt.«

Er spreizte die Beine, und ich senkte mich über seinen Schwanz. Ich schlabberte an seinen Eiern, während er immer schneller seinen steif aufragenden Schwengel bearbeitete.

»Oh, ja«, seufzte er. »Leck mir die Eier, die scharfen, geilen Eier. Bitte, Sir. Ich will dich.« Er rammte meinen Kopf gegen seinen zuckenden Bauch.

Den unbehaarten Sack lose und heiß im Mund würgte ich an beiden prallen Eiern. Mit den Händen packte ich ihn am Arsch und zog ihn noch dichter an die Lippen. Ich wollte ihn ganz, und ich wollte ihn auf der Stelle.

»Sir.« Seine Stimme veränderte sich. »Ich würde gerne was ganz Besonderes machen. Und Sie sind vielleicht der, mit dem das geht. Sie haben mich Ihre Schuhe ablecken lassen, und da machen Sie vielleicht ja auch noch was anderes mit.« Ich konnte das Flehen in seiner ernsthaften jungen Stimme hören.

»Natürlich. Was denn?«

»Darf ich ...?« Er hielt inne. Sein Gesicht wurde rot, und seine Lider flatterten, als er stockend weitersprach. Er war verlegen. Ich war gerührt – und belustigt – von dem Wagnis, das er einging.

»Würden Sie mich ...? Bitte lachen Sie nicht.«

Ich verlor die Geduld. »Was? Sag's mir!« knurrte ich tief aus der Kehle, während ich das Gesicht an seines legte.

»Darf ich auf Ihre Glatze kommen? Und sie dann ablecken?«

»Verdammt, und ob!« Ich tauchte zu seinen Eiern ab. Er bearbeitete seinen Bolzen, während ich an den kochenden Klöten lutschte. Mein kleiner Macker war bereit zum Abspritzen. Ich drehte den Kopf, so daß seine Eichel in die Mitte meines Schädels kam und an der nackten Haut scheuerte. Ich bibberte am ganzen Leib. Mein Kopf war leicht und beschwingt. Ich hatte noch nie größer über meine Platte nachgedacht, aber jetzt machte sie mich richtig scharf. Sie und die Anziehung, die sie auf diesen Mann ausübte.

»Oh, gleich spritz ich dir meine Sahne auf die Glatze, Sir!« Er schrie auf, als der erste Tropfen seines Spermas auf meine Haut traf und über meine Glatze rann, während mir seine Eier gegen die Stirn klatschten.

Das Gefühl seiner Zunge auf meinem Kopf brachte mich an die Schwelle, und nach ein paar Stößen strömte mein eigenes Sperma auf seine glatte Brust und bedeckte eine seiner langen, dunklen Brustwarzen. In meiner Gier hatte ich seine Brustwarzen überhaupt noch nicht bemerkt. Ich leckte meinen Saft ab und saugte an seinen Titten.

»Ich nehme die Schuhe, Sir«, lächelte er.

»Du hast sie schon bezahlt«, sagte ich, während wir uns aneinanderkuschelten.

»Nein. Stimmt nicht. Ich hab noch nicht mal damit angefangen, sie abzubezahlen«, kicherte er. Dann wurde sein leises, gedämpftes Lachen vielversprechend und herausfordernd immer lauter, während er meine Lippen an seine Brustwarze dirigierte.

DADDYS GANZER STOLZ

Er war mir schon in der Stadt aufgefallen, einmal hatte ich sogar eine Nummer mit ihm geschoben – vor Jahren, bevor die Saunen geschlossen wurden. An diesem Abend beobachtete ich ihn über den Raum hinweg. Ich hatte ihn schon immer gewollt, aber jetzt ganz besonders.

Er trug schwarze Lederchaps – und eine Weste über der sonst nackten Brust. Ein großer Glatzkopf in Stiefeln, der stolz war, eine Schwuchtel zu sein und keine Angst davor hatte, rauh zu sein. Ich wollte einen Macker – und ich liebte es, Männer zu küssen. Und aus diesem Grund ging ich in diese Kneipe.

Er grinste mich teuflisch an, während er sich eine dunkelbraune Zigarre zwischen die Zähne steckte und vor sich hinpaffte. Er war schon älter – fünfundvierzig, vielleicht sogar fünfzig. Reife, gesetzte Männer besuchen diese Kneipe – keine flippigen Kinder. Das gefällt mir. Männer in meinem Alter sind dumm und wissen nicht, was sie wollen. Ich ging auf den Tresen zu und lehnte mich an ihn. Sein Zigarrenrauch war süß und verführerisch, auf eine rauhe, ziemlich prollige Art sexy. Ganz anders als die properen Tucken, die ich kannte!

»Ich hab gesehen, daß du mich beobachtet hast, Kleiner«, sagte er. »Gefällt dir, was du siehst?«

»Mehr als du dir vorstellen kannst. Du bist der Beste, den ich seit langem gesehen habe«, sagte ich und streichelte das glänzende Stück Leder in seinem Schritt.

»Bist mir schon aufgefallen. Bist 'n geiler, kleiner Macker. Wieso haben wir uns nie kennengelernt?«

»Haben wir – Sir. Vor langer Zeit – nachts mal in der Sauna. Du hast in deinem Jockstrap und im Unterhemd über mir gestanden und mir befohlen, deine große, süße Zuckerstange zu lutschen.«

Er fuhr mit dem Finger über meine Wange und ließ seine Hand unten an meinem Hals liegen. »So war's. Du hast dich verändert. Du hast dir den kleinen Bart da wachsen lassen seitdem. Warum hast du mich bis heute nie angesprochen?«

»Du hast mich vor heute nie angeschaut und angelächelt. Ich hatte Angst, du würdest mich nicht wollen.«

»Tja – komisch. Ich hab immer Angst, ich bin zu alt und verschrumpelt für jemanden, der mir gefällt.«

»Da täuschst du dich gewaltig. Du würdest für manchen einen perfekten Daddy abgeben.«

»Einen wie dich zum Beispiel?«

»Genau«, sagte ich und fuhr ihm mit der Hand über den Schädel. Seine Glatze glänzte im Kneipenlicht.

Das Leder und sein Schweiß machten mich wagemutig, ließen mir das Blut in den Adern pochen und meinen Schwanz anschwellen bis zum Platzen.

»Du kleiner Schwanzlutscher«, sagte er. »Du wünschst dir, daß wir die Schwänze rausholen und 'n bißchen damit rumspielen, stimmt's, Junge?«

»Ja, Sir, stimmt – aber nur unter einer Bedingung.« Ich preßte mein Paket an seinen Oberschenkel.

»Und die wäre?«

»Wenn du gerne küßt, gehör ich ganz dir.«

Er packte meinen Kopf mit beiden Händen, pflanzte mir seinen Mund auf meinen und füllte ihn mit der Zunge aus, während seine Zähne an meinen Lippen knabberten. Er ließ die Zunge in meinem Mund kreisen, leckte mir die Zunge ab und schob mir seine tief in die Kehle.

»Ist das gut genug für dich? Ich liebe es, Jungs zu küssen.«

»Ja, Sir. Perfekt. Komm, wir küssen uns und holen die Schwänze raus.«

»Du mußt dich auch auf meine Bedingungen einlassen, Miststück.«

»Ja, Sir.«

»Du mußt Brustwarzen mögen.« Er schob die Weste beiseite und zeigte seine Brust mit den langen, prallen Nippeln.

»Ja, Sir! Küssen und Brustwarzen.« Ich schaute ihm in die Augen. »Gibt's sonst noch was?«

»Da gibt's noch 'ne ganze Menge, Kleiner. Komm, wir hauen hier ab, und dann zeig ich's dir. Draußen sind wir allein.«

Er führte mich in den Innenhof, wo hell der sommerliche Vollmond strahlte.

»Manchmal mag ich Publikum, aber nicht heut nacht. Ich will meinen neuen Jungen erst kennenlernen.«

Er nahm die Zigarre aus dem Mund und preßte mir seine vollen, fordernden Lippen ins Gesicht. »Küß deinen Paps.«

»Ja, Sir. Zieh an der Zigarre – bitte. Blas mir den Rauch ins Gesicht.« Ich steckte ihm die Zigarre wieder in den Mund.

Seine Backen wölbten und senkten sich und bliesen mir wirbelnde Rauchwolken ins Gesicht.

»Ich möchte deinen Mund mit dem stinkenden Zigarrenatem schmecken«, verführte ich ihn.

Er nahm die Zigarre aus dem Mund, legte seinen Mund auf meinen und blies den Rauch in mich hinein.

»Und jetzt schluck ihn, Junge. Schmeck den Rauch von Daddys Zigarre.« Er steckte mir die Zunge in den Mund und zog mich an seine Brust. Ich saugte an seiner Zunge, schluckte den Rauch und spürte ihn in mich eindringen.

Während wir uns küßten, rollte er mein T-Shirt nach oben, fuhr mit den Händen über meine behaarte Brust und zwickte mir in die Brustwarzen. In den Haaren wühlend, bohrte er mir die Zunge immer tiefer in den Mund.

Er trat zurück, hob mein T-Shirt und begutachtete meine Brust und meinen Bauch. »Du bist 'n haariger kleiner Drecksack, was?«

»Genau wie mein Paps.«

»Du bist sogar noch haariger. Du hast überall Haare, stimmt's?«

»Ja, Sir. Überall.«

»Auch auf dem Rücken?«

»Mein Rücken ist echt behaart.«

»Zieh das T-Shirt aus und zeig's mir.«

Ich zog mir das T-Shirt über den Kopf und drehte mich um.

»Oh, Mann. Das ist ja ein toller Rücken! Und Muskeln hast du auch, Baby.«

»Und ob, ich arbeite hart an meinen Muskeln. Die mögen Aufmerksamkeit, die mögen's, wenn sie gestreichelt werden.«

»Etwa so?« Er rieb mir mit den Händen über den Rücken, strich über die Haare und kniff mir in die Seitenmuskeln.

»Genau so! Mach mich echt scharf.«

»Freut mich, daß du so verdammt behaart bist.« Er wühlte die Finger in meinen Rücken und zog mich näher an seine Brust.

»Jetzt komm her, und lutsch an meinen Titten, mein Sohn.« Er streifte die Weste ab und ließ seine breite, behaarte Brust sehen. »Mach sie hart, Junior. Meine steifen Nippel sollen dir den Mund ausfüllen.«

»Ich freß dich auf, Paps«, sagte ich und beugte mich über seine Brust. »Fütter mich. Ich hab Hunger auf deine Titten!« Im dichten Qualm der Zigarre vergrub ich das Gesicht in seinem heißen Fleisch.

»Lutsch sie. Mach dich über meine Nippel her.«

Kegelförmig, lang und prall reckten sie sich meiner Zunge entgegen und wuchsen noch, als ich an ihnen saugte. Er legte die Hände auf meine behaarte Brust und bearbeitete kneifend meine Brustwarzen.

»Ja, Kleiner. Kau an meinen Nippeln! Gebrauch deine Zähne. Deinem Alten kann's gar nicht rauh genug sein. Mach, daß ich dich spüre.«

Ich versenkte die Zähne in seiner Brustwarze und zog sie lang.

»Verdammt! Das tut aber gut weh«, knurrte er und wedelte wieder mit der Zigarre unter meiner Nase.

»Willst du Papas Zigarre spüren?« Er hielt die Zigarre dicht an meine Brust.

Mit klopfendem Herzen senkte ich mich noch tiefer auf seine Brustwarze und nickte mit dem Kopf.

Die Hitze der Zigarrenspitze näherte sich meiner Brustwarze. Die Hitze wurde stärker, versengte die Haare auf meiner Brust und streifte die Warze. Als der Schmerz zunahm schlug ich die Zähne in den saftigen Nippel meines Daddys.

»Das reicht, Baby«, sagte er und nahm die Zigarre weg. »Ich wollte nur, daß du sie spürst; ich will doch meinen hübschen Sohn nicht wirklich verletzen.« Er ging vor mir in die Knie, leckte an den verbrannten Haaren und nahm meine heiße Brustwarze in den Mund. Während er an ihr lutschte, bearbeitete er meine Brustmuskeln.

»Lutsch sie, Alter. Mach, daß sie sich wieder gut anfühlt. Du warst böse, Paps.«

Ich packte ihn an den Schultern und zog ihn an mich. Ich riß ihm die Zigarre aus der Hand. »Jetzt bin ich an der Reihe.«

Unterhalb seiner Brust senkte ich die Zigarre in die Matte aus Haaren, und der neue, beißende Geruch erregte mich noch mehr als der der Zigarre und des Leders. Brutal an meinem Schlitz zerrend, knöpfte er mir die Jeans auf und schob sie herunter. »Zeig mir deinen steifen Schwengel und deinen haarigen Arsch, du kleiner Strolch.«

Mit den Händen fuhr er über meine nackten Arschbacken. »Dein struppiger kleiner Arsch hat 'ne ordentliche Tracht Prügel nötig.«

»Ja, Sir. Versohl mich, Paps. Zeig mir, daß du mich liebst.«

»Und ob ich dir's zeige – dafür, daß du so unverschämt warst. Man nennt seinen Vater nicht Drecksack. Beug dich vor – du kriegst jetzt 'ne Tracht mit dem Gürtel.«

Erwartungsvoll stöhnend drehte ich mich um, beugte mich vornüber und hielt ihm den Arsch hin.

Hinter mir hörte ich, wie er den Gürtel aus den Chaps zog.

»Dein Schwanz ist richtig steif, stimmt's«

»Stimmt. Richtig steif ist er, Dad.«

»Willst du daran rumspielen?«

»Ich muß nicht, Sir.«

»Danach hab ich nicht gefragt.« Er klatschte mir die Hand auf den Arsch.

»Ja, Ich würd gern dran rumspielen.«

»Dann tu's, Süßer. Spiel mit deiner geilen Latte für deinen Paps.«

Ich legte die Hand um meinen Ständer und fing an, ihn langsam zu reiben. Die Haut war gespannt, die dicke Ader an der Oberseite prall und hart.

»Du brauchst 'ne ordentliche Abreibung«, sagte er hinter mir. »Und zwar gleich.«

Das kühle Leder seines Gürtels glitt über meine Haut, am Rücken abwärts und durch meine Arschspalte, wobei die Spitze an meinem Arschloch leckte. Das Leder wich zurück – und kam dann mit so einer Kraft und einem Tempo wieder, daß mir der Atem stockte.

»Ah! Überrascht, mein Junge. Du bleibst genau so stehen und läßt's über dich ergehen.« Er wedelte mit der Zigarre unter meiner Nase »Riecht echt gut, was?«

Ich stöhnte und inhalierte tief. Ich liebte den Geruch des Rauchs. Und er versetzte mir noch einen Schlag auf den Blanken.

»Umdreh'n, Kleiner. Lehn dich mit dem Gesicht an mich, während ich dich verdresche.«

Ich wirbelte herum und vergrub das Gesicht in seinem Lederschoß, leckte an dem Leder und streckte weit die Zunge heraus, um bis zu den Schenkeln und zum Nabel zu kommen.

»Wird Zeit, daß du meinen Bolzen abkriegst«, sagte er. »Schnall das Ding da auf. Schieb mir das Gesicht zwischen die Beine.«

Ich hob die Hände an seiner Hüfte und zerrte an den ersten Nieten in seinem Schritt. Sein fetter Schwengel klatschte mir ins Gesicht, und das Aroma seiner Vorhaut stieg mir in die Nüstern.

»Verdammt, Dad! Dein Schwengel riecht echt scharf. So wie bei 'nem richtigen Mann.«

»Und ob.« Er schlug wieder mit dem Gürtel zu, der mich erschütterte und auf meinem Arsch brannte. »Laß los, und hol 'mal Luft. Du sollst noch Spaß haben mit dem Daddyteil.«

»Das«, sagte er, »ist der letzte.« Er ließ den Gürtel durch die Luft pfeifen, und der sengende Schmerz hob mir die Füße vom Boden. »Und jetzt darfst du Daddy zeigen, wie toll du ihn findest.«

Sein Schwanz war so schwer und groß, daß er nicht aufrecht stand, sondern prall und gewichtig über seinen dicken, haarigen Eiern pendelte.

Ich sank auf die Knie, steckte das Gesicht zwischen seine Beine und fingerte an seiner Vorhaut, fasziniert von ihrer Länge und Dicke. Ich zwickte sie mit den Fingern und zog sie über sein klaffendes Pißloch. Ich schob die Kappe zurück – die schwellende Eichel in der Hand – um die klebrige Eichel freizulegen, aus der die Soße am Schaft herabrann.

»Du bist Daddys kleiner Mann, stimmt's?«

Ich konnte nur bestätigend nicken und walkte seine saftigen, muskulösen Backen in den Händen. Mit der Zunge fuhr ich an der Unterseite des Schafts entlang und leckte den köstlichen Überhang. Ich saugte die Vorhaut in den Mund und schlabberte mit der Zunge an dem zarten Fleisch.

Dann senkte ich mich über Daddys dickes, strammes Teil. Ich schluckte es bis zum Anschlag und spürte, wie die Vorhaut in meiner Kehle kitzelte.

»Nimm Papas unbeschnittenen Mackerschwengel ganz rein. Schluck ihn, bis du japst, Kleiner.«

Und das machte ich, lutschend und leckend und an der Vorhaut kauend.

»So ist richtig. Schlag deine scharfen Zähne in das Ding. Beiß mich, mach, daß ich deinen Mund spüre!« Er packte mich an den Ohren und rammelte mich in die Fresse, daß mir seine Eier ans Kinn klatschten.

»Oh, verdammt! Mir tun die Eier weh. Weißt du, was du machen mußt, damit das aufhört? Kannst du Daddys Eier wieder hinkriegen?«

Ich faßte nach den behaarten Kugeln, nahm sie vorsichtig zwischen die Lippen und saugte sie langsam in den Mund.

»Ja, mein süßes Baby. Halt sie wie rohe Eier für mich.«

Ich leckte an den Eiern und ließ die Zunge um sie kreisen. Er wichste sich und klatschte mir die Eichel ins Gesicht, rieb den Schaft durch meinen Bart und kitzelte meine Nase mit der Vorhaut. Obwohl sein Schwanz so steif war, daß er tröpfelte, bedeckte sie noch die Eichel. Ich saugte die Eier tief in den Mund, während sein Schwengel feuchte Streifen in meinem Bart hinterließ.

»Ich muß jetzt pissen«, knurrte er über mir. »Bist du bereit für die Pisse deines Alten, Junge?«

Er packte mich an den Haaren und zog meinen Kopf zwischen seinen Beinen hervor. »Antworte. Bist du bereit für die Pisse?«

»Ja, Sir.« Ich schaute auf seine Eier und ließ den Blick zu seinen schweren schwarzen Stiefeln schweifen.

»Red lauter, Sohn. Und schau mich an, wenn du mit mir sprichst.« Er nahm mein Kinn in die starke, schwielige Hand. »Schließlich bist du nicht irgendein Sklave, den ich aufgelesen hab. Du bist mein Sohn, mein ganzer Stolz. Du bist ein guter Mann.«

»Ja, Sir. Vater. Ich bin bereit für eine Ladung deiner heißen Pisse.«

»Wirklich?«

»Wirklich, Sir. Ich will deine Pisse. Bitte, Daddy.«

Er wichste seinen Schwengel ein paarmal, bis Tropfen aus der Spitze quollen und die Vorhaut benetzten. Ich sah zu, wie er von der Wurzel aus langsam seine Hand der Länge nach über seinen Schwanz schob. Bald plätscherte mir ein stetiger Strom übers Gesicht.

Ich kniff die Augen zu, öffnete den Mund und schmeckte die heiße Pisse, die aus seinem Schwanz strömte. Ich ließ sie mir übers Gesicht und die Augen fließen und in meinen Bart sickern. Das Gesicht an die Naht der Stiefel meines neuen

Meisters gepreßt, kniete ich da, während mir die Pisse über den Rücken in meine Arschspalte lief. Sie rieselte mir auf Schwanz und Eier und durchnäßte meine Schamhaare.

»So, Kleiner. So hab ich's mir gewünscht. Dich vollzupissen, während du mir die Stiefel leckst.«

Ich rieb mein Gesicht an seinen Stiefeln, während ich meinen geschwollenen, schmerzenden Schwanz wichste, bis ich bereit war, abzuspritzen.

»Wichst du dir den großen, steifen Schwanz, Junge?«

»Ja, Dad. Mein Schwanz ist gleich fertig zum Losspritzen.«

»Gut. Meiner kommt auch in die Gänge und ist bereit, meinen Kleinen mit seiner Sahne abzufüttern.«

Er wühlte seine Finger in meine Haare und zog mir den Kopf nach oben, so daß sein Schwanz auf meine Lippen zielte. »Her mit deiner Fresse, Baby. Steck mir die Zunge unter die Vorhaut.«

Ich schluckte seinen Schwengel, lutsche daran und kaute seine schwere Masse mit den Zähnen. Dabei wichste ich mich und zielte mit der Eichel auf die Kappe seines Stiefels.

»Lutsch mir die haarigen Eier, und ich hol mir dazu einen runter. Jetzt, mit deiner heißen Zunge zwischen den Beinen, die mir die Eier und den Schwanz naßleckt, kann ich abspritzen. Ich spritz dir mein weißes Sperma mitten ins Gesicht. Das willst du doch, oder?«

Zur Antwort schluckte ich beide Eier. Die glühende Eichel an das kühle Leder seines Stiefels gepreßt, bearbeitete ich meinen Schwanz.

»Oh, ja, Babyboy. Du schaffst mich. Kannst du mit mir zusammen kommen? Ich will hören, daß du's sagst. Sag's mir.«

»Ja, Sir! Jetzt, wo ich dir die dicken, haarigen Eier lecke, kann ich kommen. Ich spür deinen Schwanz am Gesicht. Du machst mich auch echt scharf.«

»Gut! Ich spritz dir direkt in die Fresse. Jetzt!«

Sein dickes Sperma traf mich ins Gesicht, auf die Wangen, die geschlossenen Augen und rann mir über die Nase auf meine Lippen.

»Heiße Sahne. Die ganze heiße Sahne mitten in deinem Bart. Braver Junge – jetzt gib Daddy auch dein heißes Sperma, mein Hübscher.«

Und so passierte es. In meinen Eiern kochte der Saft auf und ergoß sich über seine Stiefel, weißes Sperma auf schwarzem Leder.

»Schau, was du gemacht hast, du Bengel! Alles auf meine Stiefel. Du gehst jetzt runter und leckst das auf, du miese, kleine Drecksau!«

Ich senkte den Kopf und fuhr mit der Zunge über die Spitze seines Stiefels.

»Iß es auf, Kleiner. Iß den ganzen Rotz von den Stiefeln deines alten Herrn auf. Mach das Leder sauber wie ein braver Junge.«

Bevor ich das ganze Sperma ablecken konnte, hakte er mir einen Finger unters Kinn und zog mich auf die Füße. »Wir wissen jetzt beide, daß wir's auf die rauhe Tour können, aber schau'n wir mal, ob's auch zärtlich geht, mein Süßer.« Er fuhr mit den Händen über meine Seiten und hob das Gesicht. Er küßte mich sanft auf die Lider und die Nase.

»Ich mach jetzt besser das Gesicht von meinem Babyboy sauber«, sagte er und leckte seinen ganzen Samen auf. Als er fertig war, küßte er mich zärtlich, wobei seine Lippen meine kaum berührten.

»Willst du mein Freund sein, Kleiner? Oder ist das auch nur so 'ne Nummer wie damals in der Sauna?«

»Ich will dein Freund sein – und dein Junge. Für immer.«

»Du glaubst, du kannst die ganze Zeit mein Kleiner sein? Das ist harte Arbeit. Du müßtest dann mir gehören, mich dich trainieren und disziplinieren lassen. Du mußt mich die ganze Zeit bedienen, nicht nur, wenn wir Sex machen.«

»Ich weiß. Und ich bin dein ganzer Stolz, nicht nur dein Sklave. Oder hast du mich nur verarscht, damit du 'n Quickie schieben kannst?«

»Nein. Du bist mein ganzer Stolz. Du bist sexy und clever. Nicht wie die anderen. Du bist was Besonderes. Du gehst mir ans Herz.«

»Gut. Wieso nimmst du mich nicht wieder rein und zeigst mich rum? Ich will, daß alle wissen, daß ich dein neuer Boy bin.«

»Klar doch«, sagte er und nahm mich bei der Hand. »Und du darfst auf meinem Schoß sitzen und an meinen geilen Nippeln lutschen. Und ich küß dich auf deinen geilen kleinen Mund.«

»Ja, und nach ein paar Bier helf ich dir, deinen fetten ollen Schwengel rauszuholen und die Vorhaut zurückzuschieben, damit du pissen kannst. Du wirst noch froh sein, daß ich dein Boy bin.«

»Ich bin's schon, Baby. Ich bin's schon.«

HEUERNTE

Dwight Kinzer und ich kannten uns schon unser ganzes Leben. Er war sexy und intelligent – ein Kindheitsidol. In diesem Sommer war er zum Arbeiten auf unsere Farm gekommen. Sein toller Körper streckte und spannte sich, wenn wir das Heu bündelten. Unsere Hände faßten nach dem dicken Draht, der die Ballen zusammenhielt, wir wuchteten einen Ballen bis zum Knie und dann warfen wir ihn mit Schwung in mächtigem Bogen auf den Heuwagen. Es war harte, schweißtreibende Knochenarbeit, die den ganzen Sommer über zu dauern schien. Ich haßte sie.

Wenn ich müde wurde, mußte ich nur einen Blick auf Dwight werfen. Sein kräftiger Rücken beugte sich unter seinem T-Shirt, das vom Schweiß an ihm klebte, nach hinten. Und sein Arsch schien in der abgewetzten Jeans zu tanzen. Er hatte gerade sein erstes Jahr an der Uni hinter sich gebracht, und im Herbst würde ich dazustoßen. Ich war im siebten Himmel, wenn ich daran dachte, mit ihm zusammenzusein.

Der Tag neigte sich dem Ende zu, und das Zwielicht brach herein, als ich und die anderen Helfer die letzte Fuhre in der Scheune abluden und die Ballen Dwight und meinem Dad zuwarfen, die sie unter dem Dach ordentlich aufschichteten.

»Oh, nein!« rief Dwight. »Meine Brille!« Dwight war schon immer kurzsichtig gewesen, fast blind ohne seine Brille. Ich konnte mich nicht daran erinnern, ihn je ohne sie gesehen zu haben; schon vor dem Kindergarten hatte er eine Brille gehabt, die durch ein kleines Gummiband auf seinem hübschen Gesicht festgehalten wurde.

»Was?« fragte mein Dad. Er und Dwight waren in der schnell einsetzenden Dunkelheit nicht zu sehen, nur ihre Stimmen drangen zu mir herunter.

»Ich hab sie fallenlassen. Sie ist runtergefallen. Verdammt! Die find ich im Leben nicht mehr.«

»Wir finden sie morgen«, beruhigte Dad ihn. »Es ist dunkel, Junge. Alle sind müde. Machen wir Schluß für heute abend.«

Die übrigen Helfer waren selbst Farmer, die ihre eigene Arbeit zu tun hatten und Dad aushalfen, wie es in Oklahoma unter Farmern üblich war. Sie verschwanden rasch heim zu ihren Familien und zum Abendessen.

Auf dem Weg zum Haus ging ich dicht neben Dwight. Er roch so gut – nach starkem, sexy Schweiß – daß ich einen Ständer hatte, als wir hinter der Scheune ankamen, um uns abzuwaschen.

»Sogar ohne Brille kann ich seh'n, daß du 'n Ständer hast«, sagte er, als wir uns abtrockneten. »Du riechst sogar geil.«

»Du aber auch.«

»Ich weiß. Ich bin geil. Ich hab dich vermißt, Toby.«

Dads Stimme unterbrach uns. »Wir können aber nicht verlangen, daß er heute noch heimfährt.«

»Ich kann nach Hause laufen. Ist schon okay.«

»Du läufst nicht nach Hause«, beharrte Dad. »Zu weit. Du bleibst heute nacht hier.«

Mam teilte den Kartoffelbrei aus. »Schlaf bei Toby. Das macht dir doch nichts aus, oder, mein Sohn?«

Aller Augen waren auf mich gerichtet. »Nein, schon okay.« Was sonst hätte ich sagen sollen?

»Na dann, wenn's keinem was ausmacht.« Dwight strich mit der Zunge über seinen Maiskolben, steckte ihn in den Mund und schleckte die Butter ab. Er zwinkerte, als er ihn herauszog. Jetzt würde meine Erektion überhaupt nicht mehr weggehen.

»Und«, verkündete Dad »ich will nicht, daß ihr beide die ganze Nacht rumtobt. Ich weiß noch genau, wie ich in dem Alter war.«

»Keine Bange, Mr. Schultz. Wir bleiben schon nicht die ganze Nacht auf.« Dwight grinste mich an, und ich versuchte, mich auf seine schönen braunen Augen zu konzentrieren.

Nach dem Abendessen gingen Dwight und ich nacheinander ins Bad. Ich duschte und flitzte ins Bett. Den Rücken zum Zimmer gewandt, starrte ich die Tapete an. Ich wollte meinen steifen Schwengel verstecken, der in meiner Unterhose pochte. Außerdem wollte ich nichts als schlafen. Als ich rasch einschlummerte, war Dwight noch im Bad.

Einmal in der Nacht wachte ich auf und starrte Dwight an. Die Arme über dem Kopf lag er mit gespreizten Beinen nackt ausgestreckt. Sein Schwanz lag auf seinem Unterleib und zuckte leicht mit jedem Herzschlag. Er war muskulöser als ich und mit einer Matte bedeckt, die ebenso hell war wie seine strohblonden Haare. Ich hätte gerne hingefaßt und ihn berührt, aber ich hatte zu große Angst. Ich schlief wieder ein.

Irgendwann gegen Morgen wurde ich von etwas geweckt. Langsam mich aufrichtend stellte ich fest, daß Dwight mich, die feste Brust an mich gepreßt, in den Armen hielt und daß sein Schwanz sich mir unten in den Rücken bohrte. Ich versuchte, mich von ihm loszumachen.

»Oh, mein Süßer«, raunte er mir ins Ohr. »Beweg dich

nicht. Ich hab schon viel zu lange gewartet.« Seine Hand schloß sich um meinen Schwanz.

»Dwight, was machst du da?« Ich war erregt, aber auch verängstigt. Vielleicht wußte er in seiner Sorge um seine Brille nicht, was er tat. Vielleicht sprach er ja im Schlaf.

»Ich halte dich, Toby, und spiel mit deinem Schwanz.« Er wußte, was er tat, und er sprach nicht im Schlaf.

»Ich laß los, wenn du willst«, sagte er. Er nahm die Hand weg und rollte sich von mir weg.

»Ist schon gut. Ich laß mich von dir halten.«

»Wirklich?« Er kicherte, als er sich mir wieder zuwandte.

»Halt mich, Dwight. Ich will's.«

»Gut. Ich will, daß du's willst. Ich hab's schon immer gewollt, aber ich wollte dich nicht verschrecken. Du bist der schönste, süßeste Kerl, den ich kenne.« Er schlang die Arme um mich und zog mich an sich. Unsere Brüste schmiegten sich aneinander, und unsere Ständer preßten sich an unsere Bäuche.

»Hier.« Er steckte die Hände in meine Unterhose und schob sie mir an den Beinen herunter. Dann riß er sie von mir und schleuderte sie durchs Zimmer. »So ist's viel besser.«

Ich umarmte ihn und ließ meine Hände an seinem Rücken auf und ab flattern. Ich streichelte ihm die festen, kleinen Backen mit ihrem lockigen Fell. Atemlos wanden wir die Glieder ineinander, und unsere glänzenden Oberkörper tropften vor Schweiß. Ich schlang die Beine um ihn, und unser Atem wurde zu einem gehetzten Keuchen.

Federleicht trafen seine Lippen auf meine, fast ohne mich zu berühren, und ich spürte seinen Atem im Gesicht. Seine Zunge fuhr heraus, und ich saugte sie in den Mund. Mit meiner Zunge leckte ich über seine Zähne und steckte sie ihm in die Kehle. Auf dem alten krachenden Bett herumrollend, küßten wir uns lange und tief.

»Laß mich dich jetzt ablecken«, flüsterte er mir ins Ohr. »Von oben bis unten.«

Er setzte sich auf meine Beine, hielt mir die Arme an den Seiten fest und nagelte mich ans Bett. Er schlabberte an meiner Brust und saugte an meinen harten Brustwarzen, bis ich immer lauter stöhnte. Mit der Zunge fuhr er mir über den Bauch und über die Hüftknochen, um dann an meinem Nabel zu saugen. Er bahnte sich seinen Weg bis zu der Stelle, wo meine Eier in den Unterleib übergingen. Ich wurde wild.

»Benutz deine Zunge.« Ich stieß ihm die Hüften ins Gesicht. »Ich brauch's jetzt. Leck mich!« sagte ich, versunken in blinder Anbetung und ohnmächtiger Lust.

Er kroch zwischen meine Beine und leckte mir den Schwanz von der Wurzel bis zur Spitze. Er nahm ihn ganz in den Mund und knabberte zärtlich mit den Zähnen daran. Dann ging er mit dem Kopf auf und ab und lutschte mir den Schwengel.

Während er den Kopf immer tiefer zwischen meinen Beinen vergrub, schwang er mir meine Beine über den Kopf und blies mir kühle, kleine Atemwolken gegen mein Arschloch. Er küßte meinen Hintern und kam mit der Zunge immer näher an mein Loch.

»Verdammt, Toby! Was für ein tolles Loch. Darf ich's küssen?«

»Ja, du mußt. Küß es.« Mit den Fingern wühlte ich mich in seine Haare und dirigierte seinen Kopf zu meinem Arsch. Seine Zunge umschwirrte mein Arschloch, dann tauchte sie ein. Ich spreizte die Schenkel und drückte mich gierig gegen sein Gesicht. Das erschien so verlockend schmutzig, fast sündig. Und doch auch so schön, und Dwight genoß es mächtig. Wie konnte so etwas schmutzig und sündig sein?

»Laß mich das auch bei dir machen, Dwight.«

Er setzte sich auf mein Gesicht und pflanzte mir sein Arschloch auf den Mund. Ich saugte den würzigen Geschmack und Geruch ein. Wir schwankten hin und her, und unsere Zungen und Ärsche wurden genauso eins, wie in meiner romantischen Vorstellung unsere Herzen eins wurden.

Dwight faßte meinen Schwanz mit starkem, selbstsicherem Griff. Während er mir noch den Arsch leckte, wichste er mich, und seine Hand strich über meinen Sack, kitzelte mich an den Eiern und feuerte mich an.

Langsam fuhr ich mit den Fingern über seinen harten, fordernden Schaft mit den wundervoll dicken Adern. Er stöhnte und senkte sich mit seinem gesamten Gewicht auf mein Gesicht, so daß mir seine Eier ans Kinn klatschten. Es war die reine Ekstase, von diesem phantastischen, älteren Mann besessen, beherrscht und geliebt zu werden.

»Du fühlst dich toll an«, sagte er, während er nach unten über meine Brust rutschte. Er setzte sich so auf mich, daß sein Arsch an meinem Schwanz kitzelte. »Meinst du, du hättest Lust, mir den Schwengel in den Arsch zu stecken?« Er ging tiefer, und mein Schwanz verschwand. Welch ein Gefühl!

»Fick mich, Toby. Ich brauch dich ja so.« Auf den Füßen balancierend hüpfte er auf und ab; ich rammte ihm wie wild den Schwanz rein. Wenn er schwul war, dann wollte ich für immer schwul sein.

»Ah, steck ihn mir rein, mein kleiner Macker.« Dwight wichste sich, während er mich ritt; seine Hände fuhren über seinen Schwanz und zupften an seinen fetten Eiern. Er schloß die Augen und knirschte mit den Zähnen, als er sich mit engem, heißem Arschloch auf mich aufspießte.

Mitten in unserem Rausch dröhnte plötzlich Dads Stimme durch die Tür. »Hey, Toby.« Wir erstarrten mitten im Stoß. Panik erfaßte uns. Jetzt gab's Ärger.

»Ja, Sir«, brachte ich endlich heraus.

»Ich leg euch einen feuchten Waschlappen und ein paar Handtücher vor die Tür. Wir sehen uns beim Frühstück.« Und weg war er, über den Flur wieder ins Bett.

»Er hat alles gewußt.« Dwight lächelte mich an, und seine Arschmuskeln drängten mich, ihn weiterzuficken. Sein Arschloch quetschte meinen Schwanz, er hüpfte auf und ab und brachte mich mit jeder Sekunde dem Orgasmus näher.

»Oh, Dwight, du mußt aufhören, oder ich komm gleich!«

»Gut.« Er zog den Arsch eng um meinen Schwengel zusammen. »Mach los und komm. Genau das will ich.«

Ich gab mich meinem wunderbaren alten Freund hin, den ich jetzt neu entdeckte. Ich nahm seine Eier in die Hände und spürte ihr Gewicht auf den Handflächen. Ich liebte diese haarigen Dinger.

»Fick mich, Baby«, brummelte er. »Ich brauch deinen geilen, kleinen Schwanz. Bitte. Und meine Eier – das tut so gut.« Er wichste sich den Schwanz und starrte mich an. »Willst du in mir kommen? Oder ihn lieber rausziehen und zugucken, wie er alles vollspritzt?«

Ohne auf Antwort zu warten, zog er meinen Schwanz heraus und wichste beide Schwengel in seiner Doppelfaust, bis wir uns stöhnend wanden. Er zog mich zu sich hinauf, pflanzte mir seinen Mund auf meinen und zog mich in seiner Lust und Begierde dichter an sich. Wir küßten uns, daß unsere Eier gegeneinanderklatschten.

»Hier kommt's«, japste er. »Nur für dich.« Und er schoß – sein Sperma plätscherte mir über Brust und Hals und Tropfen davon landeten auf meinem Gesicht und in meinen Haaren. Sein zuckender Schwanz, der so eng an meinen gepreßt war, brachte mich ebenfalls zu Abspritzen. Ich sprühte uns mein Sperma über die Brust und bedeckte unsere Hände mit klebrig heißem, weißem Samen.

»Mann, Toby. Unsere Schwänze sehen ja toll aus so mit dem ganzen Sperma drauf.«

Dwight stieß mich sachte zurück, und ich streckte mich aus. Über mir aufragend, senkte er den Kopf und fing an, mir die ganze Sahne von Brust und Bauch zu schlecken. Seine Zunge strich über meinen Brustkasten und saugte meine Brustwarzen sauber. Er leckte mein Gesicht ab und küßte mich auf die Wangen, die Nase, die Lider. Seine Stoppeln kratzten wundervoll auf meinem Gesicht.

Er lag zwischen mir und der Wand, und die Gardinen flatterten über seine wunderschöne, glühende Haut. Ich legte ihm die Hand auf die Hüfte. Uns beiden wurde klamm, als in der nächtlichen Brise unser Schweiß rasch abkühlte. Eine Weile lagen wir einfach da, bis sich unser Atem und unser Herzschlag wieder normalisierten.

»Also«, sagte Dwight, setzte sich auf und beugte sich über mich. »Ich muß mal aufs Klo. Ich bring dir den Waschlappen mit. Gib mir meine Brille.«- er deutete an mir vorbei auf seine Kleider -»Sie ist in meinem Stiefel.«

»Brille? Aber ich dachte-«

»Ich mußte mir doch was ausdenken, wie ich in dein Bett komme.«

»Du hättest nur zu fragen brauchen.« Ich reichte ihm die Brille. Ich mußte in mich hineingrinsen, als er den Waschlappen und die Handtücher mitbrachte. Ich lächelte die ganze Zeit, während er mich abwusch.

Als er mit dem Handtuch fertig war, beugte er sich zu mir und küßte mich. »Davon hab ich das ganze Jahr geträumt. Du weißt gar nicht, wie sehr ich dich vermißt hab.«

Wir schliefen in diesem Sommer oft miteinander. Und wir trieben es in der Scheune, im ausgetrockneten Flußbett, bei jeder Gelegenheit. Als er dann zum College aufbrach, waren wir irre ineinander verliebt. Und als ich im August fuhr, nah mich mein Vater zu einem Gespräch von Mann zu Mann beiseite.

»Laß Dwight nicht hängen, Toby. Er verläßt sich auf dich.«

»Mach ich nicht, Dad. Ich verlaß mich auch auf ihn.« Ich gab ihm einen Abschiedskuß und stieg in den Bus, der mich von der Farm und meiner Kindheit in die Stadt und die Zukunft, die Zukunft mit Dwight entführte. Dad hatte recht – Dwight verließ sich auf mich. Und nach vielen Jahren tut er es immer noch. Aber inzwischen trägt er Kontaktlinsen. Wir brauchen uns nie mehr Sorgen darüber zu machen, daß er wieder die Brille verliert.

RASENPFLEGE

Ich saß an einem feuchten Julinachmittag, nur mit einer alten Sportshorts und einem dünnen Baumwollhemd bekleidet, auf den Stufen meiner Veranda hinter dem Haus und kämpfte mit meiner Lateinübersetzung. Während ich von Cäsars Unterwerfung der Gallier las, fuhr nebenan der Truck eines Gartenpflegedienstes vor.

Ein Mann stieg aus. Sein weites Unterhemd endete knapp über seinem flachen, behaarten Bauch. Er war gut über einsachtzig groß, hatte Arme, dick wie meine Beine und Schultern, fest und stark wie Kanonenkugeln. Er trug Stiefel und kurze, ausgefranste abgeschnittene Jeans. Um seine Hüften hatte er einen schweren Werkzeuggürtel geschlungen.

Das stetige Summen seiner elektrischen Gartenschere erfüllte die Luft, als er die Hecken schnitt. Schließlich kam er zu meinem Garten herüber. Um den Kopf hatte er ein rotes Halstuch gebunden, und im rechten Ohr steckten drei goldene Ringe. Sein breiter Kiefer und die dichten Augenbrauen verliehen ihm einen strengen, fast düsteren Anblick. Er war atembraubend sexy und sein finsterer Blick erregend und beängstigend.

»Hey«, sagte er und riß sich die Lederhandschuhe herunter. »Ich heiße Howie.« Er streckte die Hand aus.

»Eric«, sagte ich und versuchte, mit dem Buch und dem Stift fummelnd, ihm die Hand zu schütteln. Mein Stift rollte auf die Veranda und blieb neben den schweren Sohlen seiner zerschrammten Arbeitsstiefel liegen.

»Hier.« Er bückte sich, um den Stift aufzuheben. Die Beine seiner kurzen Hose waren an der Naht eingerissen, so daß mir durch den offenstehenden Stoff ein Blick auf seine pelzigen Eier und seinen Schwanz vergönnt war. Seine Muskeln glänzten unter einem dünnen Schweißfilm.

»Dürfte ich dich um ein Glas Wasser bitten? Ich bin heut morgen losgefahren und hab meine Flasche vergessen.«

»Mit Vergnügen«, sagte ich und nahm meinen Stift entgegen. Auf dem Weg zur Küche versuchte ich, meinen steifen Schwanz zu richten, der sich gegen meine Shorts drängte. Es war zwecklos.

Als ich zurückkam, lag er auf die Ellbogen gestützt auf dem Rasen. Er nahm das Glas und leerte es in einem einzigen, geräuschvollen Zug. Er strich mit der Hand über seinen Bauch bis zu dem abgewetzten Leder seines Werkzeuggürtels und rieb mit den Fingern zwischen seinen Beinen.

»Tut mir leid, daß ich dich beim Lernen gestört hab«, sagte er. Er beugte sich zu mir und spreizte die Beine, so daß seine Eier jetzt auf der Erde hingen.

»Ist nur Latein. Das kann warten.« Ich hockte mich auf die Kante der Treppenstufe und spreizte meinerseits die Beine, so daß mein Ständer sich unter dem Nylon meiner Shorts abzeichnete.

»Mit der Hecke ist's wie mit deinem Latein; die kann warten.« Er kroch auf mich zu und ließ seine Hände über meine nackten Beine gleiten. »Du nicht.« Er schnallte seinen Gürtel auf und ließ ihn von den Hüften fallen.

»Zeig mir all deine behaarten Muskeln«, sagte ich und rieb mir unverblümt den Schwanz und fingerte an meinen Eiern.

»Die behaarten Muskeln da?« Er riß sich das Hemd herunter und schmiß es auf die Erde. Seine Hände glitten über seine Brust bis hinunter zum Bauch und wieder zurück, um sich in die Brustwarzen zu zwicken. »Du magst wohl Muskeln, Kleiner?«

»Ich wollte, ich hätte Muskeln.«

»Hast du.« Er fuhr mit den Händen an meinen Beinen aufwärts und drückte meine Oberschenkel. »Nur nicht so dick wie meine. Du hast geile, sexy Muskeln.«

Er packte mich bei den Schultern und riß mich von der Veranda zu sich auf die Erde. Er drückte mein Gesicht auf seine behaarte Brust mit den festen, prallen Nippeln. Ich vergrub das Gesicht zwischen seinen Muskelbergen und sog den Geschmack von seinem starken, frischen Schweiß ein.

»Du bist so klein – und deine ulkige, kleine Stupsnase erst!« Er senkte den Mund, um mich auf die Nase zu küssen. Dann schnappte er sich meinen Kopf und steckte mir die Zunge in den Mund, um an meiner Zunge zu saugen und mir die Zähne abzulecken.

Derb mein Hemd aufknöpfend, leckte er mir über die Brust, schlabberte an meinen Brustwarzen und lutschte mir die Achselhöhlen aus. »Deine Achseln – ich bring dich zum Wackeln und Winseln.«

»Bitte«, bettelte ich ihn an, »mach mir die Achseln ganz naß mit deiner Schlabberzunge.«

Und das tat er, wobei er mir dir Arme über den Kopf streckte und die Handgelenke am Boden festhielt. Er leckte und saugte und schlürfte, während er mir die Achseln mit seiner heißen Spucke pflasterte. Er fuhr mit der Zunge über mein Schlüsselbein und bahnte sich den Weg über meine Brust bis zum Nabel, in den er seine Zunge versenkte.

»Leck mir die Muskeln ab, Howie. Die Brust, den Bauch. Verdammt! Fühlst du dich gut an!«

Er legte die Hand um meinen Schwengel, die Eichel in seine Handfläche geschmiegt. Dann umfaßte seine grobschwielige Hand meinen Schwanz und die Eier.

»Ich hab gerne Männer mit Vorhaut, mit der man rumspielen kann.« Er kniete zwischen meinen Beinen nieder. Er schob mir die Hände unter den Arsch und preßte das Gesicht in meine Schamhaare. Dann schluckte er meinen Schwanz bis zur Wurzel, hüllte ihn mit der sengenden Hitze seines Mundes ein und schleckte mit der Zunge an meinen Eiern.

»Dein geiles Maul!« schrie ich, riß ihm das Halstuch herunter und wühlte meine Finger in seine dichten schwarzen Locken. »Steck mir die verdammte Zunge unter die Vorhaut!« Ich stieß ihm die Hüfte ins Gesicht und zog seinen Kopf dicht an meinen Schoß. »Ich liebe Vorhaut, aber ich hab immer nur Sex mit beschnittenen Kerlen gehabt.«

»Und ich liebe meine auch.« Ein breites Lächeln trat auf sein Gesicht. Er erhob sich aus der knienden Stellung und nahm sein fettes, unbeschnittenes Teil in die Hand. Auf der breiten Oberseite seines Schafts pulsierte eine Ader, und sein Schwengel zuckte mir entgegen.

Erst jetzt bemerkte ich den kleinen goldenen Ring, der in der Vorhaut funkelte. »So mag ich's gerne«, sagte er. Er tippte den kleinen Reif mit dem Finger an.

Ich nahm den Ring zaghaft zwischen Daumen und Zeigefinger.

»Zieh richtig fest dran«, sagte er und führte mir die Hand.

»Besorg mir's!« Ich senkte das Gesicht zwischen seine Beine. Der schwere Duft von Smegma und Schweiß stieg mir in die Nüstern. »Riecht streng«, sagte ich und steckte die Zunge unter die Vorhaut.

»Du bist echt scharf drauf, mir den Schwengel zu lutschen – stimmt's, Kleiner?«

Ich nickte nur mit offenem Mund. Der Ring scheuerte an meiner Zunge. Ich schleckte an seinem Schwanz und senkte mich der Länge nach über ihn. Den Ring nahm ich zwischen die Zähne und zog daran.

»So ist's richtig!« stöhnte er. »Mach dich über den Ring her.« Sein Schwanz wurde noch größer, als ich an dem Metall kaute und unter seinen Schwengel faßte, um nach den bepelzten Eiern zu grabschen.

»Du bist ja 'n toller Bläser«, sagte er. »Mach einfach weiter – lutsch mir den gepiercten Hammer.«

Ich steckte die Zungenspitze in den Ring in seinem Schwanz, ließ ihn mir über die Zunge schaben, nahm ihn zwischen die Zähne und zerrte daran, während ich ihn bis zum Anschlag in die Kehle aufnahm.

»Ran an den Ring, Mann«, seufzte er. »Fühlt sich an, als würd'st du auch echt drauf stehen.«

Ich vergrub die Nase in seinem dicken Busch und schluckte den Schwengel bis zur Wurzel. Das Gesicht ins Fell auf seinem Bauch gepreßt, wanderte ich mit den Händen über seine Oberschenkel, hinauf zu seinem Hintern, zwischen seinen Eiern hin und her.

»Wenn du so weitermachst, kommt's mir gleich. Ich will noch 'ne Weile mit dir rummachen.« Er stieß mich von sich, holte aus seinem Gürtel ein Gleitmittel, von dem er etwas auf meinen Schwanz quetschte und es der Länge nach auf meinem Schaft verrieb.

»Scheiße! Dein Schwengel wird steif. Genau richtig, um mich zu ficken.« Er rieb sich Gleitcreme ins Arschloch, hockte sich über mich, spreizte die Beine und entblößte sein vollkommen rundes Arschloch mit den kleinen Runzeln und dem Kreis dichter schwarzer Haare.

»Ja, Ich will dich ficken.« Ich rammte ihm zwei Finger in den Arsch. »Ich fick dich in dein haariges Arschloch bis du brüllst.«

Er legte sich auf mich, bohrte mir den Schwanz in den Bauch und senkte seine Lippen auf meine. »Küß mich!« Seine Zunge zwängte sich durch meine Zähne, seine behaarte Brust scheuerte an meiner, und seine Hüften preßten sich gegen mich.

Meine Zunge fuhr heraus, leckte über seine Lippen und saugte an seiner Zunge, die er mir in den Mund bohrte. Er biß mich zärtlich in die Lippen, um dann tiefer über mein Kinn zu meinem Adamsapfel zu gehen und mich von der Kehle bis zur Brust abzulecken.

Er preßte mir die Schultern ins Gras und hielt meine Hüften mit seinen schweren Schenkeln und Arschbacken fest. Die Stiefel fest in die Erde gepflanzt, saß er über mir. Er hob den Kopf und schaute mir mit durchdringenden und doch auch funkelnden Augen ins Gesicht.

»So eine flache, kleine Brust«, knurrte er. »Nicht ein einziges Härchen, glatt wie Glas – und genau richtig für meine Zunge.« Er schlabberte über meine Brust und küßte mich, bis ich Gänsehaut bekam. »Deine rosa kleinen Titten schreien danach, bearbeitet zu werden«, sagte er. »Mit den Fingern, den Lippen, den Zähnen. Was sagst du dazu, kleiner Kumpel?«

»Ja, mein Großer«, keuchte ich. »Bitte mach sie hart, zieh sie lang, mach, daß sie brennen.«

»Wie willst du's haben? So?« Er kniff mir mit den Fingernägeln in die Brustwarzen.

»Oh«, stöhnte er. »Deine kleinen Nippel – guck nur, wie lang die werden!« Er zwirbelte meine Brustwarzen und fuhr mir mit der Zunge über die Rippen.

Ich konnte nur noch stöhnen und meine Brust seinen Fingern entgegenheben.

»Das gefällt dir, was?« Er grinste.

»Ja! Manchmal spritz ich ab, wenn ich mir an den Dingern rumspiele.«

»Du spritzt davon ab?« Er zog mir die rechte Brustwarze zu einem Kegel und züngelte dran. »Dir kommt's, ohne daß du deinen Schwanz berührst?«

»Manchmal, aber gewöhnlich hol ich mir einen runter, wenn ich mit meinen Nippeln spiele, bis ich komme.«

»Meinst du, du hast Lust, mich zu ficken, während wir an deinen Nippeln rumspielen?« Er rieb sie, rollte sie zwischen den Fingern und quetschte mir die Eichel, wobei er die Vorhaut zurückzog. Er wichste meinen Schwanz ein paarmal, hockte sich über meine Oberschenkel und rieb sich meine Eichel über die Eier. Seine schweren Klöten flutschten über meine und blieben auf meinen Schamhaaren liegen.

»So riesige Eier da auf meinem Schwanz«, sagte ich. »Und die Haut ist so weich und schlaff.« Ich knetete seine harten, muskulösen Hinterbacken.

»Häng dich mir an die Hüften, Kleiner«, sagte er und ging tiefer, daß sein Arsch meine Oberschenkel streifte. Er schob sie mir über den Schoß, bis sein Arschloch an meiner Schwanzspitze kitzelte. Die Hände fest an meiner Hüfte und den kühlen Mund auf meinen Brustwarzen, ließ er sich schwer auf mich nieder.

»Bums mich jetzt«, sagte er. »Ramm ihn mir ganz rein, okay?«

»Okay!« rief ich, packte ihn an den Hüften und knallte den Unterleib gegen seinen kräftigen, behaarten Arsch, daß mein Schwanz zwischen seinen zusammengequetschten Arschbacken versank.

Mit steifem, zuckendem Schwanz und klatschenden Eier hüpfte er auf meinen Hüften. Ich packte noch fester zu und schob ihn tiefer auf meinen Schwanz.

»Spritz noch nicht ab«, sagte er auf mich heruntlächelnd. »Das will ich uns aufsparen, bis mein Schwengel in deinem Arsch steckt. Willst du das?«

»Und wie, Großer. Ramm mir das unbeschnittene Ding rein. Reiß mich auf.«

Er rutschte von meinem Schwanz und nahm seinen Ring ab, den er auf den Werkzeuggürtel legte. »Da«, sagte er. »Ich will nicht, daß dir das Ding wehtut.«

»Ich weiß, daß du mir nicht wehtun würdest«, sagte ich und hob die Beine.

»Niemals, Kleiner.« Er streichelte meinen Arsch. »Ich will, daß du lächelst und dich wohlfühlst.« Er drückte mir seinen dicken Daumen hinten rein. »Spürst du's?« Er legte mir die Hände um den Arsch und zog mich näher zu sich heran. »Verdammt! Dein kleiner Arsch ist ja kaum 'ne Handvoll.«

Er hielt mich an den Knöcheln und spreizte meine Beine, während er auf die Knie ging. Dann setzte er seine pulsierende Eichel an meinem Arschloch an und schob sie sachte langsam hinein.

»Bitte, mach's!« Ich bettelte förmlich. »Steck mir dein Ding rein – laß mich spüren, wie das Monster in mich reinrammelt.«

»Hier. Leg mir die Füße über die Schultern.« Er hob mir die Beine an, so daß sich meine Knöchel hinter seinem dicken Hals verschränkten.

Und dann – drang er in mich ein. Seine Eier klatschten mir gegen den Arsch, und seine tief in mir steckende Eichel dehnte mich weit, während er mich tief und fest ritt.

»Siehst du?« lächelte ich. »Du könntest mir nie wehtun. Dein Schwanz ist so groß« – japste ich – »der reißt mich auseinander. Tut das gut.«

»So richtig perfekt zum Ficken, dein Arsch, Kleiner.«

»Zeig's mir mit deinem großen, steifen Schwanz! Spritz in mich ab!«

Er packte mich fest, sein Schwengel wuchs in mir an, und seine Stöße wurden immer heftiger. In aufwallender Leidenschaft biß er sich auf männliche, und zugleich verletzliche Weise, in die Unterlippe.

»Mach dich bereit!« rief er, die Hände um meine Schultern gepreßt. »Gleich kriegst du meine Ladung ab. Meine heiße Soße in den Arsch!«

Ich klammerte mich an ihn, als er seinen schweren Hammer tief und fest in mich hineinbohrte. Und dann schoß er mir in meinen Hintern. Als er kam, beugte er sich herunter und biß mir in die Brustwarze, die er kaum spürbar zwischen die Zähne nahm, leicht daran zerrte und knabberte.

»Genau so passiert's«, rief ich. »Ohne daß mir jemand an den Schwanz faßt. Kau meinen Nippel, Mann.« Mein Schwengel zuckte, daß ihm das Sperma über die Brust spritzte und an seinem Bauch herabrann. Mein Arschloch molk seinen Schwanz und entlockte ihm die letzten Tropfen.

»Bei dir fühl ich mich stark und männlich«, sagte ich, fuhr mit den Handflächen an meinem Bauch herunter und zwickte mir in die Vorhaut.

Er schmiegte meine Füße an sein Gesicht und küßte die Zehen. »Du bist stark und männlich – du weißt es nur noch nicht.«

»Meinst du?« Ich ließ seine Eier auf meinen Fingerspitzen tanzen.

»Ich weiß es – besonders beim Arschficken.«

Ich reckte mich, um ihn auf die Lippen zu küssen. »Du gehst jetzt besser wieder an deine Hecke, hm?«

»Jau.« Er stand auf. »Ich hab viel zu tun zur Zeit. Ich könnte einen Gehilfen brauchen – wenn du nicht zu sehr mit deinem Latein beschäftigt bist.«

»Aber klar«, lachte ich. »Ich hab keine Ahnung von Gartenpflege.«

»Keine Angst.« Er lächelte. »Ich bring dir alles bei, mein kleiner Freund.« Er reichte mir den kleinen Ring und führte meine Hand an seine Vorhaut. »Latein ist nicht das einzige, was du noch lernen mußt.«

SCHLAGSAHNE

Der Kellner warf mir ein breites Lächeln zu, als ich mich auf den Hocker setzte. Er trug die übliche Uniform: eine weiße Mütze verwegen auf seinen halblangen roten Locken, und seine ordentliche kleine Fliege und die gestärkte weiße Schürze standen in scharfem Kontrast zu seinen Turnschuhen und der Jeans. Er sah scharf aus – flackernde braune Augen und dicke Schmollippen. Sogar einen Schönheitsfleck hatte er auf der Wange.

Als er aus einer Flasche die Sahne auf meinen Banana Split sprühte, brach die Kappe ab, und überall flog schaumige Sahne durch die Gegend. Sie landete auf meinem Hemd, dem Tresen, dem Fußboden.

»Tut mir leid.« Er griff nach einem Handtuch und reichte es mir. »Hier. Ich hol den Mop.« Sein kleiner Hintern wackelte, die Backen waren voll und rund wie weiche Bälle aus süßer Eiskrem.

Ich war damit beschäftigt, mich abzuwischen und bemerkte nicht bevor er sprach, daß er vor mir stand. »Ist spät geworden«, sagte er. »Fast schon Zeit, um zuzumachen.«

Ich schaute auf. In den Händen hielt er keinen Mop, sondern eine Schachtel Kondome und eine Tube KY. Er hatte das Hemd und die Jeans ausgezogen, seine Brustwarzen waren steif, und unter der weißen Baumwolle seiner Schürze bildete sein Schwanz ein Zelt.

»Ich würd dich gerne für das Mißgeschick entschädigen.« Er schloß den Eingang ab, kam zu mir zurück und zog mir die Hose aus.

»Meinst du wirklich, das ist okay?«

»Klar – nur du und ich. Der andere Kellner ist schon weg.«

Er zog einen Gummi aus der Packung und rollte ihn mir über den Schwanz.

»Und jetzt fick mich. Gleich hier.« Er beugte sich über die Kante des Tresens, die Schürze flatterte ihm um die Knie. Ich verteilte Gleitcreme über meinen eingehüllten Schwanz und sein Arschloch. Noch in Schuhen und Socken, wippte er auf den Zehen, als er sich auf meine Eichel herabdrückte. Sein geiler, kleiner Arsch öffnete sich, um sich dann um meinen gesamten Schaft zu schließen. Ich fickte ihn, während ich beobachtete, wie seine Hüften über mir kreisten.

»Gib's mir bis zum Anschlag. Rammel mich durch.« Er klammerte sich an den Tresen und molk mir den Schwanz, wobei sich sein Arsch bei jedem Stoß zusammenzog und mich immer näher zum Abspritzen brachte. Er war so sexy und sein Arschloch so eng, daß ich spürte, wie mein Schwanz bis zum Platzen in ihm anschwoll.

»Gleich füll ich den Gummi ab«, stöhnte ich, während ich mich immer tiefer in ihn hineinbohrte.

»Mach zu, und spritz ab. In mich rein.«

Ich packte ihn an den schmalen Hüften und rammelte weiter, bis ihm die Mütze vom Kopf flog und seine Locken ihm in die Augen fielen. Er seufzte und stöhnte und kam meinen Stößen wild entgegen.

Mit einem letzten mächtigen Stoß versenkte ich ihm meine Latte tief in den Gedärmen. »Da ist's. Ich komme!« Ich spritzte in ihm ab und füllte den Gummi mit Sperma, während ich immer weiter in ihn eindrang und ihm den süßen kleinen Arsch vögelte, bis er beinahe brüllte.

»Ja. Genau. Du reißt mich richtig auf – und ich find's toll!« Er krampfte seinen wundervollen Arsch um meinen schlaff werdenden Schwengel. Er hielt das Ende des Gummis fest und rutschte langsam von meinem Schwanz.

Er drehte sich um, hob die Schürze, die er knapp über seinem Bauchnabel einzwängte, und aus seinen orangefarbenen Schamhaaren ragte seine rosa Latte. Er quetschte Gel über seinen Ständer und verrieb es auf dem Schaft, bis er glänzte. Dann lehnte er sich auf den Tresen zurück und wichste seinen Schwanz mit beiden Händen, wobei er die Vorhaut nach vorne schob, bis die Eichel bedeckt war, und sie dann wieder zurückzog, um die purpurrote Spitze freizulegen.

»Meine Eier wollen 'n bißchen geleckt werden.« Er spreizte die Beine, legte die Handflächen um seine Hoden und hielt mir seinen bepelzten Sack hin. Ich ging in die Knie und lutschte ihm die Eier und rollte sie zärtlich auf der Zunge.

»Mach dich bereit«, sagte er, als seine Bauchmuskeln sich anspannten. »Ich mach's jetzt.«

Und er machte es. Samenschwall um Samenschwall schoß hoch in die Luft. Endlich wurde sein Strom zu einem Rinnsal, das ihm über die Hand rann. Seine Krämpfe hörten auf, und er atmete wieder normal. Sein Samen war überall – auf seiner Schürze, in seinen Haaren, auf dem Tresen, etwas davon rann sogar an einem der Hocker herunter.

»Jetzt mußt du noch 'ne Sauerei aufwischen.« Ich küßte ihn auf die Wange.

»Tja«, sagte er. »Es gibt so Tage – eine Sauerei nach der andern.« Er lächelte und zog mich an seine Brust.

FRÜHJAHRSFIEBER

Es war ein warmer Tag im April, jener öden Durststrecke zwischen Ostern und den Abschlußprüfungen. Das Studentenheim war so gut wie leer, und ich hatte keine Lust mehr zum Lernen. Drunten vom Flur hörte ich eine Schreibmaschine. Nicht die von irgendeinem, sondern die von Lonnie Pitkin. Der Gedanke an ihn brachte mich um die Konzentration, und im Nu hatte ich einen Riesenständer. Ich knallte mein Geschichtsbuch zu. Es war Zeit für eine Pause.

Ich beschloß, zu duschen und einen Spaziergang zu machen. Als ich mich auszog, hüpfte mein steifer, jungfräulicher Schwanz heraus. Ich schlang mir ein Handtuch um die Hüften, schnappte mir mein Rasierzeug und machte mich auf den Weg zur Gemeinschaftsdusche am Ende des Flurs. Ich hätte gerne mit der Hälfte der Männer an der Uni geschlafen, aber ich war Erstsemestler und viel zu schüchtern, um irgend jemanden kennenzulernen oder irgendetwas zu unternehmen. All das änderte sich an jenem Nachmittag, als ich zur Dusche ging.

Lonnie rasierte sich gerade, als ich hereinkam. Nackt stand er vor den Becken, vielleicht der hübscheste, vollkommenste Mann, den ich je gesehen hatte. Er war groß, breite

Brust und Schultern, mächtige, kräftige Arme. Er hatte einen perfekten Arsch, den Arsch eines erwachsenen Mannes. Schließlich war er Student im letzten Jahr, und ich war nur ein bewundernder Anfänger. Und die ganzen Haare! Ein dichter, üppiger Pelz bedeckte seine Brust. Schwarze Haare zogen sich von seinem dichten Bart bis zwischen die Beine.

Ich richtete den Duschkopf, daß mir der kalte Strahl zwischen die Beine zielte. Mein Schwanz war steif, und der Anblick Lonnies sorgte dafür, daß er so blieb. Ich beobachtete die Knoten seiner Muskeln, während er sich rasierte. Sein Arsch zuckte, wenn sich die Muskeln entspannten und die Backen voll und weich wurden, um sich dann wieder anzuspannen, so daß die Kurven sich scharf abzeichneten und die Backen sich fest eindellten. Er blickte auf und bemerkte, daß ich ihn im Spiegel beobachtete. Er hatte mich ertappt!

Er wandte sich zu mir um. Sein Schwanz hing ihm schwer und voll herunter, die Eichel unter der Vorhaut verborgen. Er pendelte leicht, als er auf mich zukam.

»Hi. Du wohnst unten am anderen Ende des Flurs. Joey Ryan, oder?«

»Ja.« Ich räusperte mich. So wie mir das Herz in den Ohren pochte, konnte ich ihn kaum hören.

Er drehte die Dusche neben mir an. »Du bleibst am Wochenende meistens hier, stimmt's?« fragte er, während er anfing, sich einzuseifen.

»Ja, Sir.« Ich war dunkelrot vor Verlegenheit. Das ganze Jahr über hätte ich schon gerne mit ihm geredet. Jetzt, wo es soweit war, war ich tropfnass, hatte einen Ständer und brachte kaum ein Wort raus.

Er lachte ein tiefes Lachen, das von seinen Eiern ausging und bis zu seinen vollen roten Lippen heraufkollerte. »Bitte, nenn mich nicht ›Sir‹. ›Lonnie‹ reicht dicke.« Er seifte sich weiter ein, bis der Schaum dicht in den Haaren auf seinem Körper hing.

Jetzt wichste er sich den Schwanz. Bedeckt mit federleichten Schaumflocken reckte sich seine Latte aus der weißen Pracht. Das riesige Ding wurde immer länger und dicker, und die Vorhaut glitt zurück und gab die Eichel seines gewaltigen Hammers frei. Er hielt ihn auf der Handfläche, ließ ihn hüpfen und sah zu, wie er anwuchs, wobei er nicht steif, sondern immer nur länger und fetter wurde. Ein massig aufgeblähter Schwengel. Ich konnte mein Glück nicht fassen: der Macker holte sich vor mir einen runter. Ich war wie hypnotisiert.

»Du siehst gut aus, so.« Er betrachtete meinen zuckenden Durchschnittsschwanz. »Ich hab gehofft, ich hätte dich richtig eingeschätzt, Joey.«

Er streckte die Hand aus und legte sie um mein heißes Teil. Seine Brusthaare kitzelten an meinen steifen Nippeln. Noch nie hatte jemand meinen Schwanz berührt, und dieser Halbgott wollte mich. Er trat näher, und sein scharfer Bolzen federte mir entgegen, als er mit der Hand an meinem Schaft auf- und abfuhr. Sein Mund sank mit dicker, fordernder Zunge auf meinen. Stöhnend schob er mir die Zunge in den Hals. Er hatte mich fest gepackt und hob mich zu sich herauf, daß meine Zehen kaum noch den nassen Boden berührten. Ich packte seinen Schwanz mit beiden Händen, um sanft den Bolzen zu massieren, dessen riesige Eichel über meine Fäuste hinausragte.

»So eine hab ich noch nie gesehen«, brachte ich zwischen den Küssen und unter dem Wasserstrahl heraus. Ich zupfte an der Vorhaut, zog sie über die Spitze und ließ sie dann zurückgleiten, um die dunkle, geschwollene Eichel zu enthüllen.

Plötzlich war er vor mir auf den Knien und leckte mit der Zunge an meinen Eiern, saugte sie, eins nach dem anderen, in die warme, feuchte Höhle seines Mundes; zärtlich knabberte er an ihnen. Lonnie fuhr mit der Zunge über meinen Schaft und züngelte mit kurzen, schnellen Schlägen über die Eichel.

Er drehte mich um und fuhr mir mit der Zunge zwischen die Arschbacken; dann spreizte er sie, um die Zunge in mich hineinzustecken. Es war ein schönes Gefühl, aber ich hatte Angst, er wolle mich mit seinem Monsterteil in zwei Stücke spalten.

»Versuch bitte nicht, mich zu ficken, Lonnie. Bitte.« Ich konnte das Beben meiner Stimme nicht unterdrücken. Ich hatte Angst, gefickt zu werden, fürchtete aber auch, ihm zu mißfallen, meinen neuen Freund zu verlieren.

Er zog den Kopf von meinem Arschloch zurück. »Ich will dich nicht ficken. Ich will dich auffressen. Und zwar ganz.« Und damit tauchte er in meine Spalte ab und schlabberte mit harter, heißer Zunge tief in meinem Innern.

Die Hände gegen die Wand gestützt, beugte ich mich vornüber. Er legte mir einen Arm um die Hüfte und preßte sich um meinen Schwanz, um ihn fest und schnell zu wichsen. Wenn er so weitermachte, würde ich garantiert kommen. Aber das wollte ich noch nicht.

Ich richtete mich auf und zog ihm den Arsch vom Gesicht weg. Dann drehte ich die Duschen aus.

»Können wir in dein Zimmer gehen?« gelang es mir zu flüstern. Mein Keuchen machte es mir unmöglich, mit normaler Stimme zu sprechen.

»Klar. Wie du willst.« Er küßte mich noch einmal.

Ich wankte unter der Dusche hervor, nahm meine Sachen von der Ablage und ging, gefolgt von Lonnie durch den Flur.

Ich drehte mich um, um gegen die offene Tür des Notausgangs seine Silhouette zu sehen. Im hellen Licht vom Balkon zeichnete sich sein vollkommener, V-förmiger Rumpf ab.

Und der schwer pendelnde Schwanz. Ich hätte ihn auch gerne aufgefressen.

»Beeil dich«, drängte ich ihn, während ich darauf wartete, daß er seine Tür aufschloß.

»Wieso beeilen? Wir haben das ganze Wochenende.« Er lächelte und steckte den Schlüssel ins Schloß.

Kaum hatte er die Tür geschlossen, war er über mir, hatte Lippen und Hände überall auf meinem Leib. Er schob mich rückwärts aufs Bett. Seine Hände hatten meine Brustwarzen gepackt wie Daumenschrauben, und sein Mund war über meinem Ständer. Er setzte sich mir übers Gesicht und senkte seine Eier auf meine Lippen.

Ich leckte sie, begierig, sie in den Mund zu kriegen. Ich nahm die schlaffe Haut seines Sacks zwischen die Lippen.

Lonnie lutschte mir den Schwanz, nahm das steife Ding bis zum Anschlag und molk es mit seinen Halsmuskeln. All meine Sinne waren von dem Mann erfüllt. Nur Lonnie existierte noch für mich. Sein Duft, seine Berührungen, seine Beine und sein Arsch, alles für mich.

Ich wollte seinen großen Schwengel. Ich wollte zum erstenmal einen Schwanz schmecken. Ich wollte seine Vorhaut über meiner Zunge. Ich hob den Kopf und zerrte mir das unbeschnittene Stück mit der weichen, pulsierenden Eichel ans Gesicht.

Lonnie wandte sich zu mir um und schaute zu, wie ich ihm den Schwengel rieb. Sein Arsch berührte ganz leicht meine Brust. Er spreizte die Beine und schob mir seinen Schwanz entgegen. Ich leckte an der Eichel und der schlabbrigen Vorhaut. Ich hatte noch nie jemand gesehen, der nicht beschnitten war. Schwindelnd wurde mir bewußt, daß ich von dem Überhang nicht genug kriegen konnte.

»Zieh an der Haut. Ich zeig's dir.« Lonnie schob meine Hände beiseite. Er schälte die Haut zurück, um die aufgeblähte Eichel freizulegen, und zog sie dann wieder über den gesamten Mast, so daß sie an der Spitze einen Kegel bildete. Ich sah zu wie er seinen Schwanz massierte und damit spielte. Ich vertraute ihm als Lehrer und Freund. Seine perfekten Hände hielten seinen perfekten Schwanz.

»Früher hab ich mich immer dafür geschämt.« Er schaute von seinem Schwanz zu mir auf. »Du hast so klare, schöne blaue Augen. Blau wie der Himmel.« Er strich mit dem Finger über die rote Wange. »So ein hübsches Gesicht. So glatt.«

Er schaute wieder auf seinen Penis. »Ja, ich dachte immer, er sei zu groß. Und die ganze Haut, die da runterhing. Er wird nie steif, wie's Schwänze sein sollen. Hängt einfach da – schlaff und unbeschnitten.«

»Ich weiß!« Ich warf mich nach vorn und verschlang ihn, und zwar ganz. Lonnie hockte über mir, pumpte mit den Beinen und schob mir seinen Specht in die würgende Kehle.

Plötzlich hüpfte er vom Bett und fing an, in einer Schublade zu wühlen. Benommen lag ich da und wichste mir den Schwanz. Lonnie stieß meine Hand beiseite und schob mir etwas Feuchtes und Kaltes hinein. Ich schaute auf und sah, daß er sich über meinen Schoß beugte.

»Es würde dir doch nichts ausmachen, mich zu ficken, oder?«

Langsam wiegte ich den Kopf hin und her. »Nein.«

»Gut.« Ich spürte meine Eichel an seinem Arsch. »Du magst meinen haarigen Arsch, stimmt's?«

Ich nickte.

Mit je einer Hand um unseren beiden Schwänzen dirigierte er mich in seine warme, geheimnisvolle Höhle.

»Du magst meinen Schwanz. Du magst meinen Arsch. Du magst mich, Joey, stimmt's?« Urplötzlich bohrte er sich mit dem Arsch in meinen Bauch, um sich auf meinem Schwanz aufzuspießen.

»Ja!« schrie ich auf. »Ich mag dich, Lonnie.« Wir bockten gegeneinander. Sein enormer glitschiger Schwengel klatschte gegen meinen Bauch. Er öffnete den Arsch noch weiter, um mich zu verschlingen. Langsam wurde ich von dem rauhen und doch auch so sanften Mann, der über mir saß, verschluckt.

Er lehnte sich zwischen meine Beine zurück. Er hielt mich an den Schultern fest und rollte uns herum, so daß ich jetzt auch aufrecht saß. Umschlungen saßen wir da und wiegten uns langsam, während ich hin küßte und fickte. Er legte sich flach auf den Rücken, den Arsch fest um meinen Schwengel geschlossen. Dann dirigierte er meinen Kopf zu seinem Schoß und drückte meinen Mund auf seinen Schwanz herunter.

»Und jetzt, meine scheue kleine Jungfrau, fickst und lutschst du mich gleichzeitig.«

»Woher wußtest du, daß ich noch Jungfrau bin?« Ich blickte ihm direkt in die Augen.

»Ich weiß es. Hör auf zu reden, und leck. Zum Reden haben wir später noch 'ne Menge Zeit. Jetzt blas mir einen, du toller, kleiner Schwanzlutscher.«

Eifrig gehorchte ich, leckte und saugte, wich zurück, um die Vorhaut zwischen die Zähne zu nehmen, senkte den Kopf, um ihn ganz aufzunehmen, um an seinem Schwanz zu würgen.

Er bäumte sich meinem Schwengel entgegen und versenkte mich tief in seinem Arsch. Er ruckte stürmisch hin und her, zuerst tief in meine Kehle, dann zurück, um meinen Schwanz zwischen seinen engen Arschmuskeln einzuquetschen.

Ich war bereit zum Abspritzen. Mit den Händen strich er mir über den Rücken und wiederholte murmelnd meinen Namen. Das war das Geilste für mich. Er sagte meinen Namen, begehrte mich. Ich wußte, daß er mein Freund werden würde. Ich fürchtete, abzuspritzen, bevor ich sollte. Woher sollte ich wissen, wann es an der Zeit war?

Ich hätte mir keine Sorgen machen müssen.

»Jetzt, Joey. Fick mich.« Die gespreizten Beine hoch in die Luft geworfen, zwängte er meinen Schwanz mit seinem Arsch ein.

»Mein Arsch braucht dich, Joey. Fick mich. Spritz mir in den Arsch ab.«

Ich rappelte mich auf und machte schnelle Liegestütze über seinem weit geöffneten Loch.

»Schneller. Schneller!« Er warf den Kopf hin und her, seine Finger gruben sich in meinen Arsch, und die Nägel schnitten in mein Fleisch. Ich vögelte ihn und spürte, daß in meinen Eiern das Sperma aufkochte.

»Ist's okay, wenn ich jetzt komme? Ich halt's nicht mehr viel länger aus, Lonnie.«

»Ja. Jetzt, Joey. Fick mich richtig hart. Wart nicht länger. Füll mich mit deinem Sperma ab. Bitte!«

Und das tat ich. Ich spürte, wie heiße Schwälle in ihn schossen und sein Arsch sich verkrampfte. Ich kam und kam, verlor mich im Anblick dieses Mannes, in seinem tollen Lächeln, seinem sich in mich bohrenden Blicken. Noch bevor ich aufgehört hatte, meine Säfte in sein Inneres zu ergießen, fing er an, sich unter mir zu winden.

Sein Schwanz zuckte langsam und pulsierte auf seinem Bauch. Weiße Stränge von Samen schossen in die Luft, wobei sich sein Schwanz bei jedem Schuß aufbäumte, um dann wieder auf seine Schamhaare zurückzufallen. Er war von seinem glitzernden Sperma eingehüllt.

Ich zog den Schwanz aus ihm heraus und kroch nach oben, um ihm das Sperma aus den Haaren, vom Schwanz, vom Bauch, der Brust und den Schultern zu lecken. Ein paar Tropfen waren sogar auf seine Stirn geplätschert.

»Du bist der Beste«, sagte er und zog mich zu sich herunter.

Ich schmiegte mich an seine Brust und dämmerte leicht über den Schlägen seines Herzens, während er uns mit einem eingeseiften Waschlappen abwischte. Er schrubbte mir den Schwanz, indem er den Lappen über meinen Schaft rieb.

»Hättest du vielleicht Lust auf einen neuen Zimmergenossen?« flüsterte er mir ins Ohr.

Mein Schwanz war schon wieder steif, und ich schob ihn näher an sein Gesicht heran. »Hör auf zu reden, und Leck. Zum Reden haben wir später noch 'ne Menge Zeit.«

Und so machen wir's heute noch.

DER WAHRE BOSS

Craig tanzt nach seiner eigenen Choreographie in anmutiger und doch kraftvoller Männlichkeit. Joe, der in seiner Polizeiuniform in der ersten Reihe sitzt, könnte leicht für den Vater eines der Tänzer gehalten werden, so frenetisch applaudiert er, als Craig vor den Vorhang tritt.

»Ich bin ja so glücklich«, verrät Craig Joe in der Garderobe. »Ich war toll, besser denn je. Und du warst da. Gott! Hatte ich eine Angst, als du im Krankenhaus warst. Was hätte ich gemacht, wenn du gestorben wärst?«

»Ich bin aber nicht gestorben. Und jetzt beeil dich. Ich will dich nach Hause bringen und das Gesicht in dein verschwitztes Trikot stecken.«

Joe war im Dienst angeschossen worden. Bei einem bewaffneten Raubüberfall hatte er eine Kugel in die Schulter und eine in die Brust abgekriegt. Als er zur Arbeit zurückkam, beantragte er seine Versetzung von der Motorradstreife zum Innendienst. Er war dankbar für die Veränderung; die stille Routine des Papierkriegs und regelmäßige Kaffeepausen. Schließlich kann er nicht mehr den Machokrieger spielen; er hat jetzt einen Lover, an den er denken muß.

Als sie nach Craigs Vorstellung nach Hause kommen, stürmen sie in die Wohnung. Joe rollt Craigs Strumpfhose halb über Craigs muskulöse Beine, um seine edel, klassisch geformten Gesäßbacken zu enthüllen. Craig greift nach Joes behaarter Brust und den Brustwarzenringen.

Joe kaut an dem Suspensorium und spürt, wie Craigs Schwanz wächst. Er massiert die süßen Arschbacken seines Lovers, und seine Finger finden den Weg zu Craigs heißem Arschloch.

Craig zieht Joe auf die Füße und senkt seinen Mund über eine von Joes vollen, fleischigen Brustwarzen. Craig hat Joes Titte zwischen den Zähnen und knabbert daran.

»Ich mag's, wie du's meinen Titten besorgst. Die gefallen dir, stimmt's?«

Craig nickt und saugt fester, preßt Joes Brust mit beiden Händen zusammen, um sich noch mehr in den Mund zu quetschen.

Joe trägt inzwischen nur noch Boxershorts, Schuhe und Socken. Er zieht seinen Schwengel aus dem Schlitz und läßt ihn Craig schwer gegen Bauch fallen, während sein herrlicher junger Lover an seinen Brustwarzen saugt. Ohne Craig wäre er verloren, wahrscheinlich tot. Er lebt nur für diesen Jungen. Er kann nie genug tun, um ihm seine Liebe, seine Hingabe zu beweisen.

Joe überhäuft Craig mit Küssen, seine Lippen wandern über Wangen und Augenlider bis zur Stirn, seine Zunge streicht über die Nase, und er knabbert an Craigs Ohrläppchen.

Etwas umständlich streift Joe mit dem linken Arm Craigs Strumpfhose herunter. Unter dem Suspensorium ist Craigs Schwanz bereits steif.

»Oh, Mann! Ich find dich toll in dem Ding.«

Joe beugt den Kopf und leckt Craig durch den Stoff hindurch zwischen den Beinen. Joes Spucke benetzt Craigs zuckenden Schwanz. Er steckt die Hände unter Craigs T-Shirt und kneift mit den Fingernägeln in seine Brustwarzen.

»Ich will, daß du so richtig scharf bist, ehe wir loslegen.« sagt Joe und senkt den Mund auf Craigs linken Nippel.

»Ja, Sir. Mach mich richtig scharf.«

Joe schabt mit den Zähnen über Craigs Brust zur anderen Brustwarze und beißt in den Ring. Seine Hand geht unter Craigs Arsch, zieht an dem Gummibund des Jockstraps und knetet roh die Backen, wühlt sich in ihr Fleisch. Er versetzt Craigs Arsch leichte Schläge.

»Die brauchen wir noch«, sagt er und zieht Craig die Strumpfhose aus. »Du zappelst immer so.« Er reibt sie Craig ins Gesicht. »Riechst du's? Das ist dein Eierschweiß, Kleiner.« Er schubst Craig über den Eßtisch und bindet ihm die Handgelenke.

Joe streift mit seinem Gürtel über Craigs Hintern und kitzelt ihn damit am Arschloch. Und dann läßt er ihn auf Craigs Arsch fallen – ein scharfer, brennender Hieb. Craig zuckt unter dem Schmerz, und die Strumpfhose schneidet in seine Handgelenke. Joe läßt den Gürtel erneut niederkrachen.

»Da siehst du's! Du zappelst!«

»Du zwingst mich dazu, Sir.«

Joes Eier pendeln schwer zwischen seinen behaarten Beinen, und unter der Vorhaut seines fetten, aufgeblähten Schwengels quellen Lusttropfen. Und wieder küßt sein Gürtel Craigs Arsch.

»So«, sagt Joe endlich. »Dein Hintern ist knallrot. Wunderschön. Du benimmst dich jetzt, oder?«

»Ja, Sir«, murmelt Craig.

»Lauter. Ich kann dich nicht hören, mein Hübscher.« Er reißt Craigs Kopf nach oben.

»Ja, Sir. Ich benehme mich.«

»Ich weiß. Du bist kein böser Junge.«

Joe bedeckt Craigs Arsch mit kühlen, tröstenden Küssen, während er die Strumpfhose löst. Er richtet Craig auf und dreht ihn zu sich um, wobei der sich den Schwanz wichst und die Vorhaut zurückzieht, um die von klarer Flüssigkeit schlüpfrige Eichel zu entblößen.

»Und jetzt, wo du ein braver Junge sein wirst, bekommst du auch deine Belohnung.« Er drückt Craig auf die Knie.

Craig fängt an, zu lecken, als ihm der fette Schwanz ins Gesicht klatscht.

»Einen Moment noch, Kleiner«, sagt Joe und deckt die Eichel mit der Hand ab. »Ich weiß doch, wie gerne du Schwänze durch 'nen Gummi lutschst.«

»Ja, Sir. Steck mir 'nen Gummi rein, bitte.«

Joe spuckt sich auf den Schwanz und streift ein schwarzes Kondom über. Unter der dünnen Hülle pulsiert eine dicke Ader, und am Ende knäuelt sich die Vorhaut zusammen und füllt das Reservoir aus.

»Jetzt. Leg los. Lutsch ihn.« Er hält ihn an der Wurzel und dirigiert ihn in Craigs gierigen Mund. Er pumpt seine Latte in Craig hinein, und bei jedem Stoß klatschen seine Eier gegen Craigs Kinn.

»Ich liebe es, dich ins Maul zu ficken«, sagt Joe. »Los, blas mich. Nimm ihn ganz rein, Baby!«

Craig senkt sich über Joes Schwanz, bis ihn der drahtige Busch an der Nase kitzelt. Mit der einen Hand hält er die Eier, mit der anderen packt er Joes Schwanz an der Wurzel, während er ihn bis zum Anschlag aufnimmt. Schließlich geht er zurück, um die Eichel zu lecken und mit den Lippen in das Ende des Gummis zu kneifen.

»Verdammt, Kleiner! Du weißt, wie man 'nen Schwanz bearbeitet.«

»Dürfte ich jetzt meine Belohnung haben, Sir?« Craig hebt den Blick nicht von Joes Schwanz.

»Was möchtest du denn zur Belohnung? Du hast doch meinen Schwanz.« Er legt Craig einen Finger unters Kinn und hebt seinen Kopf, damit er ihm tief in die braunen Augen sehen muß.

»Ich will den schwarzen Gummi in den Arsch reinhaben«, flüstert Craig. »Du hast mir die Außenseite aufgeheizt, jetzt heiz mir auch drinnen ein.«

»Wenn es das ist, was du willst, Baby, dann sollst du's auch bekommen.« Joe lächelt, als er Craig mit dem Rücken auf den Tisch stößt.

»Genau das will ich, Sir!« sagt Craig und hebt die Beine.

»Wau, was für ein Hintern«, seufzt Joe, während er kühle Flüssigkeit über Craigs Arschloch reibt. Dann dringt sein Schwanz in Craig ein.

»Steck ihn mir ganz rein. Laß mich wieder zappeln.« Craig verkrampft seinen Arsch über Joes Schaft und zieht ihn dichter an sich.

»Okay, Junge, fang an, zu zappeln.«

Mit einem mächtigen Stoß versenkt sich Joe in Craig und fickt ihn hart und tief. Er nimmt Craig den Atem, aber Craig spielt mit; seine Hände packen Joes Arsch und die Beine schlingen sich um die Hüfte. Joe beugt sich mit langen, bedächtigen Stößen über Craig. Craig bäumt sich unter ihm auf, hebt die Hüften, um ihm entgegenzukommen. Craig melkt Joes dicken Schwanz mit dem Arsch, den er immer drängender anspannt und wieder lockert.

»Spiel mit meinen Titten, Junge. Ich weiß, daß du's willst«, sagt Joe und legt sich Craigs Hände auf die Brust. Craig packt die goldenen Tittenringe, zwirbelt, zieht, hakt seine Finger hinein, und die großen, saftigen Nippel strecken sich ihm entgegen.

»Ist das die Belohnung, die du dir gewünscht hast?« Joe nähert sein Gesicht dem Craigs.

»Ja, Sir. Genau die richtige für mich. Fick mich, bis du kommst. Ich gehöre ganz dir.« Craig senkt die Beine und legt die Fersen auf Joes Hüften. Joe sieht zu, wie sein Schwanz Craigs gieriges Hinterteil abfüllt – er will ihn ganz, kann nicht genug kriegen.

Den Schwanz in Craig lehnt Joe sich an die Tischkante und legt die Hände um Craigs Schwanz und Eier. Er wichst Craigs Schwanz und zupft an seinen Eiern, die er in ihrem Sack langzieht. Joes Hand bewegt sich schnell über Craigs Schwanz, und er reißt wild an seinen Eiern. »Ich glaube«, keucht er Craig ins Ohr, »wenn du mir die Zunge in den Mund steckst, spritz ich in den Gummi ab.«

»Ja, Sir!«

Joes Mund senkt sich über den von Craig. Craigs Zunge schießt heraus, um ihn tiefer in seine Kehle zu saugen. Joe stöhnt heftig. Craigs Hände bearbeiten die Ringe und zerren an seinen Brustwarzen. Joes Schwanz stößt in neue Tiefen vor und schwillt irgendwo in der Nähe von Craigs Herz an. Und mit einem letzten, gigantischen Aufbäumen bohrt er sich in den Mann unter ihm und bricht auf ihm zusammen.

»Oh, verdammt! Sir!« Joes Hüften bohren sich in Craig hinein, als sein Schwanz in dem Kondom explodiert. Nun, da er abgespritzt hat, widmet er sich Craig. Und Craig kommt – spritzt seinen Saft über ihre Bäuche, über Joes Hände, in die eigenen Schamhaare.

Dann erwacht Joes Schwanz zu neuem Leben, wird noch größer, dehnt Craigs Arsch noch weiter. Er fängt an, ihn zu reiten, findet einen neuen Winkel, rammelt in ihn hinein. Craig liegt nur noch hilflos unter Joe, der seine Attacke fortsetzt. Craig spürt, wie Joe ihn durchvögelt, ihn öffnet; nicht nur für Joes Schwanz, sondern auch für Joes Welt, für seine Liebe.

»Ich fick dich wund«, schreit Joe, der Craig mit einem neuen Stoß an den Tisch nagelt. Mit ein paar mächtigen, erschütternden Stößen nähert er sich dem Orgasmus.

»Jetzt kommt's!« Er zieht den Schwanz aus Craig heraus und reißt den Gummi herunter. Seine zweite Ladung spritzt er über Craigs Schwanz und Eier. Er dreht das Kondom von innen nach außen und läßt sich das Sperma auf die Zunge fließen. Er quetscht den letzten Tropfen heraus und wirft das Kondom zu Boden.

»Zieh dich jetzt an. Wir gehen ins Dungeon – um deinen Tanz heute abend zu feiern.«

Im Dungeon trägt Craig sein Sklavenhalsband mit Vorhängeschloß und sitzt zu Joes Füßen. Sicher und behütet von Joe schmiegt er sich an seines Meisters gestiefelte Wade. Craig trägt heute abend seine Gassenjungenkleidung: abgeschnittene Jeans, zerrissenes Unterhemd, abgetragene Wanderstiefel; durch die Löcher in seiner Shorts sieht man den Jockstrap und durch das Unterhemd die Brustwarzenringe.

Joes Lederchaps umschmeicheln seine kräftigen Schenkel und rahmen sein dickes Gehänge in der fadenscheinigen Jeans ein. Seine rechte Hand liegt auf Craigs Kopf. Sie sind zum erstenmal in der Kneipe seit der Schießerei, und sie sind nervös. Die Tage im Krankenhaus haben sie verändert. Ihre Rollen haben eine neue Ironie angenommen; Meister/Sklave und Patient/Pfleger. Wer ist der Starke? Wer sorgt für den anderen?

Dave, ein Cowboy und Rodeoreiter, steht über Craig und zwingt ihn mit der Stiefelspitze zum Aufstehen. Craig geht an die Bar, um Getränke zu holen; Joe (seit acht Jahren trocken) trinkt Mineralwasser, Dave Flaschenbier. Craig trinkt nur selten, und nie wenn er mit Joe und Dave ausgeht. Joe wird sein Wasser mit Craig teilen, es ihm über die ausgestreckte Zunge in den Mund rinnen lassen.

An der Bar wartet Craig auf den Barkeeper und beobachtet die Männer, besonders Dave. Dave hat sich als guter Freund erwiesen – hat Craig das Reiten gelehrt, lange Nachmittage mit ihm in den Stallungen verbracht, ihn zum Countrydancing mitgenommen. Dave war im Krankenhaus geblieben, als es Joe am Dreckigsten gegangen war, hatte Craig getröstet, hatte sie, gegen Joes Widerspruch, davon überzeugt, zusammenzubleiben -»Craig macht's nichts aus, der Lover von 'nem Bullen zu sein.«

Craig, der feminine Tänzer unter lauter ›echten Männern‹, läßt seinen jungenhaften Charme spielen; er sieht viel jünger aus als neunundzwanzig. Die meisten Männer mögen ihn – es wird akzeptiert, daß der Maso flatterhaft, jung und ohne Bindung ist. Diese Einstellung findet Craig höchst unpassend – er sieht sich selbst gebundener als die meisten von ihnen. Er hat eine Richtung und Ziele; er hat einen Mittelpunkt im Leben. Joe, der Tanz, ihr Haus – Craig hat mehr als einen Schrank voller Leder, das nach Abgasen stinkt. Er führt nicht nur umsichtig den Haushalt, sondern er widmet auch dem Rasen und dem Garten außerordentlich sorgfältige Pflege. Er hat Blumen schon immer geliebt; der Garten ist voll davon.

Als der Barkeeper die Getränke bringt, fummelt Craig an seinen Brustwarzen und schnippt gegen einen der goldenen Ringe, die zu denen von Joe passen, ein privates Symbol ihrer Verbundenheit. Der Barkeeper lächelt, als er die Getränke abstellt. Er greift nach Craigs Brustwarze und zieht spielerisch daran. Craig lächelt zurück.

Eine Gruppe von Bikern hat sich zu Joe gesellt – technisch gesehen sind sie seine Freunde. Craig hat sich nie die Mühe gemacht, sich ihre Namen zu merken. Er muß zugeben, daß er sich von ihnen eingeschüchtert fühlt. Manche von ihnen tolerieren Craig, und manche sind offen feindselig, wie gegenüber Dave. Sie mögen es nicht, daß das Cowboyelement in eine Lederbar eindringt.

»Ein Motorradrennen nächsten Monat«, sagt ein Blonder.

»Bring den Kleinen mit«, fügt ein Bärtiger hinzu und tätschelt Craig den Hintern.

»'n Kerl wie der kommt immer gut an«, sagt ein Dritter, dessen Stimme von irgendwo hinter Craig kommt.

»Die scharen sich wie Geier ums Aas«, denkt Craig.

»Joe«, sagt der Blonde. »Du mußt mitkommen – du darfst uns nicht hängenlassen.«

Craig genießt seine Rolle als Sklavenjunge und spricht fast nie jemanden in der Bar an. Heute abend jedoch bricht er sein selbst auferlegtes Schweigen. »Joe kann nicht mitkommen«, sagt er. »Ich tanze den Hauptpart. Ich brauche ihn hinter der Bühne – und im Publikum.«

Einer der Männer schaut Craig an und lacht.

»Er muß am Wochenende zu Hause bleiben«, beharrt Craig und schaut sich Unterstützung suchend nach Joe um. Sein Solopart bedeutet ihm sehr viel – Joe weiß das.

»Joe«, bohrt ein anderer weiter. »Einen Tanz kannst du sicher auslassen.«

»Du hast recht«, antwortet Joe zu Craigs Schrecken. Joe hat noch nie eine von Craigs Vorstellungen versäumt. »Ich muß nicht hin. Aber ihr müßt trotzdem ihn fragen.« Er deutet auf Craig. »Er hat das Sagen.«

Während all dessen hat Dave die Arme um Joe und Craig gelegt, um sie zu unterstützen, und seine Hand wandert nach unten, um Joe in den Arsch zu kneifen. Er beugt sich nach vorn, und sein Strohhut schafft Raum um Craig und Joe. Er küßt Joe auf die Wange.

»Was is'n das für'n Mann, der sich von seinem Sklaven rumschubsen läßt?« Der Blonde hat sich zwischen Craig und Joe gedrängt.

Craig versucht, Joes Reaktion zu spüren, aber Joes Gesicht ist verschlossen.

»Komm schon, Joe«, reden sie auf ihn ein. »Der ist nicht mal 'n echter Lederkerl. Das Rennen ist wichtig.«

»Wenn du dir so 'ne kleine Textiltrine hältst, macht dich das auch nicht jünger«, sagt der Bärtige.

»Verdammt, Joe«, lacht der Blonde. »Du bist älter als sein Vater.«

»Sie haben absolut recht, Craig«, sagt Joe. Er befreit sich aus Daves Umarmung. »Dave weiß, daß sie recht haben. Ich bin älter als dein Vater. Du bist eine Textiltrine. Du bist kein richtiger Ledermann.«

Weinend reißt sich Craig von Dave los. Man hat ihn verraten, dieser Meute widerwärtiger Kreaturen vorgeworfen. Und Joe hat ihn nie geliebt – nur benutzt.

Craig versucht, sich durch die Menge zu winden und zur Tür zu kommen. Er muß weg, bevor die Demütigung unerträglich wird. Diese Männer – seine Feinde – sind genau wie eine Horde grausamer Kinder auf dem Spielplatz, die ihn Schwuli nennen und ihn verspotten.

Joe streckt seinen gesunden Arm aus und hält Craig an seinem schlanken Oberarm fest. Er zieht Craig zu sich heran.

»Ich hab's euch gesagt, ihr Mistkerle – ihn müßt ihr fragen.« Er schiebt Craig mitten in den Kreis. »Er ist der Boss.«